Lilly_Axster

DORN

Roman

zaglossus

Gedruckt mit freundlicher Unterstützung des Bundesministeriums für Unterricht, Kunst und Kultur

bm:uk **Bundesministerium für Unterricht, Kunst und Kultur**

Bibliografische Information der Deutschen Nationalbibliothek
Die Deutsche Nationalbibliothek verzeichnet diese Publikation in der Deutschen Nationalbibliografie; detaillierte bibliografische Daten sind im Internet über http://dnb.d-nb.de abrufbar.

1. Auflage 2012

Umschlaggestaltung: Leocadia Rump, www.paneecamice.com
Umschlagfoto: Lilly Axster
Lektorat: Nicole Alecu de Flers, Katja Langmaier
Druck: Prime Rate Kft., Budapest
Printed in Hungary
ISBN 978-3-9502922-7-5

Zaglossus e. U.
Vereinsgasse 33/12, A-1020 Wien
E-Mail: info@zaglossus.eu
www.zaglossus.eu

Inhalt

EINS Frankfurt am Main 7

ZWEI Wien 43

DREI Weiter 113

Yazar – Autor_in, Miras – das Erbe 122

Dank 125

EINS

Frankfurt am Main

Die Stockwerkanzeigen der Aufzüge vertreiben ihre Zeit. Raten, bei welcher Zahl die Anzeigen stehen bleiben. Eins zwei drei stopp. Vier. Falsch. Zwei eins Erdgeschoss. Jemand fährt lieber hinunter.

Die Besucherin sitzt auf dem Gang vor Zimmer Nummer 9 und wartet darauf, dass die Visite fertig ist. Ein leeres Bett wird vorbeigeschoben, groß und quer, fast über ihre Füße. Wenn ihr Handy nicht im Krankenzimmer wäre, würde sie telefonieren. Sie würde erzählen von der Zugfahrt im überfüllten Eurocity Wien-Frankfurt, dem kritischen Zustand ihrer Großmutter, von dem unwirklichen Zeitgefühl im Krankenhaus. Heute erst angekommen, scheint sie schon immer hier gewesen zu sein. Der linke Aufzug spuckt eine Familie vor ihre Füße. Wer stirbt denen. Fünf, und alle sehen irgendwie gleich aus. Ein Haufen Besuch und keine Stille zwischen den Sätzen. Nachher gibt es Streit, wer was alles nicht hätte sagen sollen.

Üç iki bir – drei zwei eins, asansör – Aufzug. Station. Sie weiß nur Busstation oder Bahnhof auf Türkisch, nicht Krankenstation. Besuchszeit. Wieder muss sie passen. Ondört – vierzehn, kat – Stockwerk. Jemand ist bis ganz hinauf gefahren. Die Tür von Zimmer Nummer 9 geht auf, eine Ärztin kommt heraus. „Ihre Großmutter hat sicher keine Schmerzen mehr."

Woher will sie das wissen.

„Gut siehst du aus."

Die alte Frau schaut fragend. Spucke läuft ihr aus den Mundwinkeln. Die Enkelin wischt mit einem Taschentuch die Spucke ab und streichelt die Patientin. Ganz vorsichtig. Ihr prickeln die Fingerspitzen. Vom Streicheln, die faltigen Wangen und den Hals. Das kann nicht prickeln. Es prickelt aber.

Eine Krankenschwester kommt herein, kontrolliert den Tropf. Die Großmutter hustet oder lacht. Es klingt unwirklich. Die Besucherin weint die Fensterscheibe an. Auf dem Fensterbrett liegt Schokolade. Wer bringt hier Schokolade mit. Die Tür fällt zu, die beiden wieder allein.

„Lass mich gehen, das ist doch albern. – Bitte."

Plötzlich redet sie, die alte Frau, und lehnt sich weit hinaus aus dem Bett. Noch ein Stück und sie fällt und stirbt. Niemand kann endlos oft auf den Kopf fallen. Aber die Enkelin hält den Kopf, rechtzeitig, über dem Boden, vor dem Aufprall. Und dann flirtet ihre Großmutter sie an. Flirtet für ein bisschen Stehen im Zimmer, für das Gefühl, gehen zu können, wohin sie will, flirtet ihre Enkeltochter an, lass mich aufstehen. Die stemmt sich gegen den Bettrand, spürt die geballte Kraft aus 92 Jahren und das ist viel. Sie schwitzt. Und wird beschimpft von der Großmutter, die die Kontrolle über die Sprache schon wieder verloren hat und trotzdem wortreich wütet. Sie rangeln. Die Enkelin schaut der starken alten Frau in die Augen und verspricht sich etwas davon. Sie erntet Spott und Hohn. Ihr geht die Kraft aus.

Bei der Beerdigung werden alle familienweise kommen: Frau, Mann, Kinder. Wer keine Kinder hat, kommt als Ehepaar. Unverheiratet ist die Ausnahme, ein Zwischenzustand. Wohngemeinschaften sind nicht vorgesehen. Also allein ans Grab treten und Erde auf den Sarg werfen. Aber auf welchen Sarg. So viel Kraft, treffsicherer Spott und flirtendes Kalkül kann nicht Hauptperson einer Beerdigung sein. Diese Patientin hier will nicht sterben, sondern aufstehen, jetzt sofort, um jeden Preis, wider jede Vernunft. Ihre Besucherin mobilisiert die letzten Kräfte, ringt mit der Greisin und bricht deren Widerstand.

Die Enkelin ist 36. Sie spürt eine bisher unbekannte Macht. Sie will diese Macht nicht haben. Sie will sie haben. Es kribbelt nicht nur in den Fingerspitzen, vom Streicheln. Sondern im ganzen Körper, bis zu den Füßen. Im Bauch. Sogar auf der Kopfhaut. Im Unterleib. Den Rücken hinunter. Sie klingelt nach der Schwester, damit das Kribbeln aufhört, wenn sie ihre Großmutter am vielleicht letzten Aufbruch hindert.

Mit der Ausgabe des Essens, laut und selbstverständlich, ist das Zimmer plötzlich voll. Die alte Frau sinkt zurück. Der Kampf ist verloren. Die Gewinnerin fühlt sich klein. Sie möchte erzählen, dass die Patientin aufstehen wollte. Sie möchte gelobt werden. Sie sagt nichts. Gemüsesuppe wird in die Großmutter gelöffelt. Die würdigt ihre Nachfahrin keines Blickes. Sie tut nur so, als ob sie esse. Dann hustet sie und spuckt Suppe aufs Bett, Brokkoli ruscht langsam das alte Kinn entlang. Die Enkelin lacht verlegen, ihr ekelt und sie weiß nicht, ob vor dem rutschenden Brokkoli oder vor der Unwürdigkeit der Situation. Sie geht aufs WC. Da sitzt sie, spürt ihre Schultern, angespannt und schwer, und zählt die Kacheln.

Vor drei Tagen ist Philippa Mebis auf der Kellertreppe gestürzt, Milchflasche und Kopfsalat voraus, der alte Körper hinterher. Hallo. Hallo. Niemand da. Alles hat sie liegen lassen, Salat, Milch, Blut, Scherben und ein großes Stück von sich. Die fünf Sachen. Sonst gab es nichts da unten im kühlen Keller, der Salat und Milch frisch halten sollte. Im Rausch des Schocks hat die Gestürzte es noch hinauf in den ersten Stock geschafft und in ihrem Schlafzimmer das Fenster geöffnet. So anziehend der Nachthimmel, so klar die Luft, so schwarz die Tiefe vor dem Fenster. Dann wie ferngesteuert ins Bett. So ist sie eingeschlafen und nicht mehr aufgewacht, erst im

Krankenhaus. Die Totgeglaubte hat sich die Nadeln wieder raus gerissen, sie lässt sich nicht spicken und in dämmernden Zimmern zum Sterben ablegen. Sie hat die vom Blutgerinnsel unterbrochenen Gehirnverbindungen neu organisiert und zwischen Lebendigkeit und Überdruss vermittelt. Mehrsprachig und mit einer unentschlüsselbaren Übersicht.

„Gut siehst du aus."

Die Besucherin versucht es noch einmal. Aber die betagte Dame scheint inzwischen auf mehreren Tagungen gleichzeitig zu sein, nach links und rechts in Gespräche vertieft. Keine Zeit für Komplimente. Wunder der neuen Kommunikationstechnologie erblassen vor der Einfachheit der Konferenzschaltung, die soeben auf Zimmer Nummer 9 angesagt ist. Die weißen Haare sehen aus, als wollten sie immer noch weißer werden und allen Farben der Welt trotzen. Sie passen gut zu ihr, die die Augen weit aufmacht, den Mund verzieht und horcht. 92 Jahre zurück. So leise und nur für sich. Es ist ganz still im Zimmer. Das Kissen drückt irgendwo dahinten am Rand von ihr, auf der Seite, wo das Fenster ist, und unklar hört sie Stimmen. Von innen, alle durcheinander, so amüsant. Sie horcht. Ihre eigene Stimme hört sie auch, klar und wissend. Sie hat viel geredet, auf internationalem Parkett, in Protokollen festgehalten. Ein Lächeln huscht über ihr Gesicht. In Milch gebadet hat nicht jede, in Salatmilch. Weiß mit Grün und später Rot. Sie lacht gern über sich, sie hat es gut mit sich.

In ihren über 90 Lebensjahren ist sie nicht vergewaltigt worden, hat sie gesagt. Es war Glück, hat sie gesagt, noch nicht lang her. Jetzt liegt sie, Mund offen, Blick nach oben, weit weg in einem anderen Universum. Die Enkelin würde gerne nachfragen, aber es ist nicht der Zeitpunkt für solche Themen. Sie zählt, ganz nebenbei, die Momente ihrer eigenen Biografie, in denen sie körperlich angegriffen wurde, aggressiv, enthemmt, von Männern, Frauen, Leuten eben. Die Zahl zieht ihr den Boden weg. Sie bricht die Spontanrecherche ab. Vor dem Bett, auf Zimmer Nummer 9, verliert die Besucherin den Halt. Über wackeligen Boden geht sie zum Waschbecken und lässt kaltes Wasser über ihre beiden Arme laufen. Setzt sich wieder hin, nimmt die Hand der alten Frau und hält sie fest. Ein Haufen Falten und Knochen und ganz allmählich füllt diese Hand ihre aus. Fühlt zurück. Wärmt sich an. Greift in ihr Herz und hält es eine kleine Weile. Es ist nicht so still, wie es sein sollte für das. Auf dem Gang wird gerufen, irgendwo draußen hupt ein Auto. Großmutters Herz liegt in Enkelins Hand und beide sind so etwas wie glücklich.

Patientin und Besucherin bleiben lange unter sich. Es trennen sie 56 Jahre, weiße und junge Haare, der Blick zurück, ein Ziel im Blick, Gesichtszüge mit und ohne Falten, die Nachnamen. Philippa Mebis. Und Philippa Dorn, nach der Großmutter benannt, aber immer schon abgekürzt Pippa. Niemand hupt draußen, niemand ruft auf dem Gang, niemand hält mehr jemandes Herz in der Hand. Es ist Nachmittag, mäßig warm. Die Enkeltochter steht auf einmal nur herum. Stellt sich vor, jemand schaue ihr beim Sterben zu und fände es langweilig. Sie geht hinunter ins Erdgeschoss. Sie hat Durst und die Zeit vergeht schneller mit Wegen. Aus der Cafeteria wird sie der Großmutter Kuchen mitbringen.

Die bleibt oben auf Zimmer Nummer 9. Muster an der Decke, Linien, alles so weitverzweigt, wunderbar. Viel Watte, viel Licht und oben, irgendwie oben. Sie fliegt. Immer gegen die Decke. Es tut nicht weh. Sie hört das eigene Schlucken. So laut, dass sie sich die Ohren zuhalten möchte. Aber von der Hand zu den Ohren unüberwindbare Koordinationskilometer. Irgendwo auf der Strecke müssen die Ohren ihrer Tochter liegen, die gestorben ist lange vor ihr. Haarlos sah die Tochter stark aus, stark und trotzig im Kampf gegen den Krebs, vier Jahre lang. Sie hat der Tochter über den kahlen Kopf und die Ohren gestrichen und es nie vergessen. Aber wo sie jetzt hingreift, ist nur Bettzeug und abgestandene Krankenzimmerluft. Sie reißt die Augen auf und bemüht sich, leise zu schlucken. Aber niemand ist im Zimmer, der_die das bemerkt. Dann will sie gehen, in Hut und Mantel, Füße zuerst, einen nach dem anderen. Und runter, runter, runter, irgendwo muss doch der Boden sein. Sie will gehen. Das ist ja albern hier. Sie hat zu tun, Platz da. Sie sieht ihrem Bein zu, wie es Anlauf nimmt, immer und immer wieder. Amüsiert probiert sie vier Jahre lang aufzustehen.

„Erinnerst du dich", beginnt die Besucherin, mit einem in einer Serviette eingepackten Stück Streuselkuchen wieder am Bett sitzend, „an die Promotion meines besten Freundes in Wien: Festsaal der Universität, alles rasend wichtig, rotweißrot und leistungsstark. Es grunzt und prustet. Das sind wir, du und ich, gleich hinter stolzen Eltern und weisen Männern. In deinem Alter noch nach vorn gemogelt. Die Ehrwürdigen auf den reservierten Sitzen werden unruhig, aus ihren Jacketttaschen mahnt zerknirscht das Vaterland. Niemand hat sich getraut, dich, weißhaarige Dame, zurechtzuweisen. Schließlich ist das Prusten nicht mehr aufzuhalten. Wir stehen auf und mit uns die ganze Reihe. Sonst kommen wir nicht raus. Im Treppenhaus biegen wir uns über das

Geländer und halten uns die Bäuche. Du trägst zum Glück die Slipeinlagen, sonst ginge das Lachen in die Hose. Inkognito sitzt noch die amüsierte Zukunft im Festsaal in der Loge. Mit ihr ist kein Staat zu machen. Mein promovierter Freund verdreht die Augen. Noch lange liegt das Lachen in der Luft."

Die Patientin reagiert nicht. Es ist sehr still im Zimmer.

„Dann etwas Aktuelles. Ich lerne Türkisch seit ein paar Monaten. Für den Job. Anneanne heißt Großmutter. Anne – Mutter. Anneanne – Muttermutter wörtlich. Also du. Abgekürzt Anne, das wäre ich. Aber ich bin keine Mutter. Komplex das Ganze. Anneanne, hörst du mich? Manchmal möchte ich Kinder haben. Wie du. Manchmal nicht. Kinder sind klein und genau. Haben keine schweren Schultern. Sie essen Kinderteller Rapunzel oder Mickymaus. Das ist ihnen nicht zu blöd. Kannst du dir mich als Mutter vorstellen?"

„Hitler heil, ich grüße Sie!"

„Wie bitte?"

Ins Nichts.

Anneanne hatte fünf Kinder. Einen Mann. War deutsch. Und tüchtig. Ein unglaublich deutsches Wort, teutschig, dück dich, tütsch und nichtig.

Die Patientin winkt oder streckt den rechten Arm aus, wieder und wieder greift sie in die Luft. Sie schwitzt. Auf Zimmer Nummer 9 öffnet die Besucherin das Fenster. Auch ihr wird heiß. Sie verlässt das Zimmer. Geht herum auf den Gängen. Es ist nichts los. Im Zimmer bleiben ein Bett mit einer alten Frau darin und ein leeres

Bett, zwei Stühle, Vorhänge, die ein großes Fenster einrahmen. Jesus am Kreuz, schon tot. Zwei Kleiderschränke, Nachttische, Neon. Eine Landschaft hinter Glas, der Spiegel, das Waschbecken. Ein Wägelchen mit Tropf und Nadel. Ein Beutel fürs Urin, Kleinigkeiten. Schokolade nicht mehr. Mineral, Säfte, Taschentücher, gebraucht und frisch. Weiße Haare, wache Augen, trockener Mund. Klingelknöpfe, ständige Versuchung für die, die ihrer Sinne mächtig sind. Jetzt leuchten die Knöpfe vergessen vor sich hin. Der Boden sollte glänzen, aber er glänzt nicht. Die Luft steht still, weil die betagte Frau sie nicht mehr bewegt. Die Luft in der Landschaft an der Wand steht auch still, weil sie immer stillsteht. Dem Mineral geht die Kohlensäure aus, die benutzten Taschentücher trocknen. Zimmer Nummer 9 wartet auf die Besucherin. Das Handy wär noch hier, im Kleiderschrank im Trolley, der zu Besuch ist. Das Zimmer biedert sich an und die Enkelin kommt nicht. Weil sie auf dem Gang vor den Aufzügen liegt.

Langsam kommt sie aus der Ohnmacht wieder zu sich. Licht mischt sich in das Schwarz vor ihren Augen, und die Leuchtanzeige des mittleren Aufzugs. Sie liegt in einer Leere, allmählich weiß sie wieder, wer und wo sie ist, im Krankenhaus zu Besuch bei ihrer Namenspatronin. Klingt wie Patrone, scharf geladener Name, aber keine Heilige weit und breit. Also weltliche Patronin. Patron – Chef. Namenschefin. Schweiß und Tränen laufen um die Wette das blasse Gesicht hinunter. Der Schock schüttelt die Nervenenden. Die 36-Jährige gibt sich hin und zittert. Kinder stehen da. Die hat ein Aufzug abgesetzt. Sie wollen diese Person hier noch einmal fallen sehen, in Zeitlupe, im Fernsehen schauts so ähnlich aus. Sie lächelt blöd, ihr fehlt noch die Kontrolle. Sie schaut die Kinder an. Was soll sie denn sagen. Wo ist die Zeit und wo ihr Denken. Eine Mutter macht pscht pscht und sagt, dass sie Hilfe holen wird. Danke. Bitte. Wiedersehen. Die Mutter nimmt die Kinder mit. Die sind enttäuscht. Der Gang ist wieder leer, die Aufzüge irgendwo.

Ein Pfleger kommt.

„Es geht schon, danke, keine Tropfen. Wie geht es meiner Großmutter auf Zimmer Nummer 9. Ich bleibe noch ein bisschen sitzen."

„Das passiert schon mal", sagt der Pfleger, „die schlechte Luft, Neonlicht und Angst, aber Sie kriegen wieder Farbe, Sie sollten etwas essen." Puls gefühlt und an die Stirn gegriffen.

Der linke Aufzug steht auf vier.

„Falls Sie mich brauchen –"

„Danke."

Als sie sich einigermaßen gefangen hat, setzt sie sich in den leeren Fernsehraum der Station und wählt Wien an, ihren besten Freund: „Hallo Profesör, schön, dich zu hören." Sie nennt ihn so, seit sie Türkisch lernt und sich das Wort für Lehrbeauftragter nicht merken kann. Das Gespräch dauert lang, niemand scheint im Aufenthaltsraum fernsehen zu wollen, sie legt die Füße hoch, genießt seine Stimme, er hat ihr gefehlt, die unzähligen Telefonate, oft noch spät, wenn sie gemeinsam den Tag Revue passieren lassen. Mit niemandem sonst kann sie unbedeutende Tage rückwirkend so interessant reden, mit keinem_keiner so heftig, aber unbeleidigt über die Welt im Allgemeinen und Besonderen streiten wie mit ihm. Sie versteht nicht, warum er und seine Freundin geheiratet haben, wenigstens nicht kirchlich, und er versteht nicht, wieso sie das nicht versteht.

„Ist etwas mit dir?", fragt er nach einer unvermittelten Pause.

„Nein, alles in Ordnung, ein bisschen schwach bin ich, diese Warterei im Spital, Warten und du weißt nicht, auf was. Profesör, wenn du meine Großmutter beschreiben müsstest, wie würde das klingen?"

„Keine Ahnung."

„Bitte. Du kennst sie. Von deiner Promotion."

Sie hört, wie er sich eine Zigarette anzündet.

„Ich kann mich nicht an sie erinnern. Nur an ihr Prusten und Lachen."

„Genau."

„Sie ist Deutsche. Das richtige Alter. Also. Sagen wir Frau S. Wie Siegfried. Oder Sahne. Oder SS."

„Muss das sein? Versuchs noch einmal, Profesör."

„Nenn mich nicht immer so. Gibt es keine Sprache, in der mein Job besser klingt. Außerdem bin ich nicht Professor."

„Bitte."

„Frau S. trägt fast ausschließlich helle Sachen. Sie hat blonde kurze Haare, Ponyfrisur. Auch im Alter noch dicht, kaum graue Strähnen. Sie spielt gerne Bridge, gibt sich in Gesellschaft mondän, obwohl sie nicht vermögend ist. Sie hat eine bescheidene Ferienwohnung in Holland, erreicht von dort in einer Viertelstunde mit dem Bus das Meer. Sie ist überzeugte Sozialistin, vorher Nazi, davor Nihilistin. Sie schläft jeden Samstagnachmittag mit sich selber. Sie klaut heimlich im Supermarkt. Reicht es noch nicht?"

„Doch, doch, es reicht."

„Und – wie ist sie wirklich – deine Vorfahrin?"

„Ich glaube, sie hat ‚Hitler hei, ich grüße Sie' gesagt. Komplett weggetreten."

„Hei mit l oder ohne?"

„Ohne, hoffe ich. Könnte doch sein. Vielleicht eine winzige Form von Widerständigkeit. Wie hey. Oder hallo. Salopp jedenfalls. Hei."

„Nur ein Buchstabe."

„Immerhin."

„Klingt ambivalent, das Ganze. Vielleicht verkehrte sie früher mit Leni Riefenstahl und Marlene Dietrich zur selben Zeit. Oder war gegen die NSDAP, aber beste Freundin mit Eva Braun."

„Niemals."

„Wer weiß."

„Frau M., sie heißt Mebis, M statt S, zum Glück. Nicht Sahne oder Siegfried oder SS. Und ihr Ferienhaus ist in Österreich, weit und breit kein Meer. Also."

„Also was?"

Sie verabreden sich für Ende der nächsten Woche in Wien und legen auf. Ein Zimmerbrunnen plätschert. Dieses Wasser wirft sich ins Becken und sonst nichts. Etwas, das nicht aufhört, sinnlos. Der Profesör sieht aus wie ein Nazi, ist aber keiner. Die Anruferin bricht den Gedanken ab und räumt ihn weg. Ihr fällt und fällt der türkische Begriff für Lehrbeauftragter nicht ein, tut ihr leid.

Warum sehen Ärzt_innen alle so neu aus. Jetzt ist die alte Dame tot. Die Enkelin ist sicher. Sie bleibt auf dem Gang stehen. Das erscheint ihr respektvoller. Die Stationsnummern auf den Milchglastüren kann sie bereits auswendig. Sie weiß als Erste das Sterbedatum ihrer Großmutter und ruft niemanden an, es mitzuteilen.

Das war knapp.
Sie sieht besser aus.
So eine Kraft.
Wir sollten sie nicht mehr allein lassen.

Isst sie eigentlich.
Ich glaube, sie hat etwas gesagt.
Hallo, du bist auch da.
Was für eine Überraschung.
Ich garantiere euch, dass sie alle erkennt.
Sie hat sich wieder die Schläuche rausgerissen.
Typisch.
Ich wusste, dass demnächst etwas passieren würde.
Ich habe mit der Ärztin gesprochen.
Hallo, wie gehts.
Was macht die Arbeit.
Sie muss in eine Rehaklinik.
Ich habe Fotoalben mit Schnappschüssen der letzten Familienfeste mitgebracht.
Diese verfluchte Kellertreppe.
Sie hätte nach Opas Tod nicht allein im Haus bleiben sollen.
Meine Idee war das nicht.
Du hast immer schon.
Ich war dagegen.
Misch dich nicht ein.
Raste nicht aus.

Es wird nicht ums Erbe gehen. Nicht ums Geld. Darauf können sich alle etwas einbilden. Sie können es auch lassen. Muttertod ist nachrücken. Muttertod ist selber sterben. Muttertod ist wer bin ich. Großmuttertod ist Herz aus der Hand ziehen, ist Adieu und nur noch eine Philippa.

Aber die alte Dame lacht. Dieser Menschenauflauf vor ihren Augen. Geliebte Stimmen, weiches Urenkelkinderhaar, auf das ihre Hand gelegt wird. Päpstlich. Sie horcht. Bis hierher überlebt. Die Zeit wurde schneller, immer heller, Milch in Schläuchen, vom Salatkopf verstopft, das Blut geronnen. Aber sie ist immer noch da. Gewonnene Stunden im Rücken der Patientin lachen die jungen Familienleute aus, die das Zimmer füllen. Das Nichtgesagte lungert zwischen ihnen herum und wartet darauf, von der alten Frau mit in die letzte Nacht genommen zu werden. Wer zeigt ihr den Weg zu den Ohren, um sie zuzuhalten. Sonst ist alles viel zu laut. Es summt und knackt und knallt. Familienfunk auf höchster Frequenz. Die Patientin kann nur liegen. Und anders sein als früher. Tut ihr leid. So viele traurige Gesichter. Hand aufs Herz, wer hat den größten Schmerz. Sie bietet faltige Fläche für junge Projektionen und fühlt sich wie die gelben Klebezettel, Post-its, die sie dort angebracht hatte, wo etwas zu merken war. Vereinzelt und klebrig. Sie ist es leid, die Sterbende zu mimen.

Lasst sie durch, sie will vorbei. Wo sind ihre Schuhe. Ruft ein Taxi, organisiert gelbe Zettel für neue Memoiren. Und so weiter und so weiter. Sie will los. Aber das Zimmer ist voll. Jede_r bleibt, wo sie oder er ist. Sonst bricht die Panik aus. Angereist von überall her. Und die Angst, zu spät zu kommen. Niemand ist zu spät, alle sind da, hurra. Kein Platz zum Aufstehen, kein Weg hinaus für die, wegen der alle sich auf den Weg gemacht haben. Bleib liegen, stirb nicht, brauch uns, erinnere dich, sei wie immer, lächle, weine, aber iss. Und wir reden mit den Ärzt_innen. Überlass das uns. In intensiven Stunden Kümmerzeit sammeln und einen Platz im Himmel suchen. Jede_r für sich. Hier gibt es kein Entkommen. Nur den Tod. Wegen dem sind alle da. Das würden sie verstehen und Wege bahnen für die letzte Fahrt hinaus. Lebendig kommt sie hier nicht raus. Mehrheitsbeschluss.

„Schaut, sie lächelt."

Das ist gelogen. Sie hat nicht gelächelt. Wieso hätte sie lächeln sollen angesichts der verstopften Wege. Es gibt andere Gründe, den Mund zu verziehen. Aber dazu sind die hier zu jung. Zu dumm. Zu lebendig.

„Ich will nicht in einem Frankfurter Spital am Bett der ‚großen Mutter' sitzen, automatisch eingemeindet sein in das Wir der besorgten Angehörigen. Sitzt irgendwer von denen am Bett in einem Wiener WG-Zimmer, wenn jemand krank ist. Wie viele Mitbewohner_innen passen auf eine Todesanzeige, wie sehen Stammbäume von kinderlosen Queers aus. Kennen alle hier längst Großmutters ‚deutschen Gruß', salopp oder nicht, wem kann ich glauben. Eins nach dem anderen – birer birer. In einer anderen Sprache ist das alles erträglicher. Familie – aile. A-i-l-e. Einfach ein paar Buchstaben weglassen. Das F und das m und ein i. Übrig bleibt ...a...il...e. Erkennt niemand mehr, meine Aile. Türkisch sprechende Leute werden nicht annehmen, dass ich türkische Wörter in deutsche Sätze einbaue. Deutsch sprechende Leute hören Eile und schauen auf die Uhr. So oder so ist Familie unkenntlich geworden. So weit meine kryptische Nachricht auf deiner Mailbox, Profesör. Wenn ich wieder in Wien bin, werde ich ein Testament machen in Sachen eigener Tod, damit dann nicht die Herkunftsaile alles eingemeindet, Erinnerung, Geschmack und Rituale. Ohne Ansprüche anderer. Ich melde mich wieder, Profesör, bis bald."

Sie legt auf. Jetzt eine Pizza, niemand kann tagelang Streuselkuchen essen. Sie überlässt den anderen Angehörigen den Nachmittag auf Zimmer Nummer 9 und geht in die Stadt in eine Pizzeria. Wäre Verwandtschaft Pizza, würde sie nach Salami schmecken, fetten und im Magen liegen. Und immer gäbe es noch mehr, wäre noch etwas übrig, der Rand, der in den Pizzakartons zurückbleibt, endlos. Kein Entkommen.

„Anneanne. Sag etwas. Lütfen – bitte."

Aber die alte Dame sagt nichts. Auf Zimmer Nummer 9 ist Ruhe eingekehrt. Die beiden mit demselben Vornamen sind wieder unter sich, die Jüngere gestärkt von ein paar Stunden allein, die Ältere sichtlich erschöpft von vielen Stimmen und beunruhigten Gesichtern.

„Was tust du in diesem Bett, in diesem Zustand, vergiss die mit Neon ausgeleuchtete Trostlosigkeit hier, Anneanne, ich begleite dich auf eine Tagung, du gehörst in dein Element, ich organisiere das für dich, mit allem Drum und Dran."

Ein faltiges Lächeln ist beredte Antwort.

Den Tag lang debattiert, Namensschilder gelesen, hastig Häppchen gegessen, Unterlagen überflogen und mit dem Rauschen der Kopfhörer gekämpft. Und die ganze Zeit spürt Anneanne, wer die angenehme Spannung unter die Tagesordnung mischt. In einer Pause erste Berührungen unter freiem Himmel, wer wird weiter aktiv, die Sache ist so klar. Wunderbar. Alles kann sich reimen, Kitsch ist erlaubt. Jung sind sie, die beiden Ladys um die 90. Der Abend ist so irgendwie. Lobbyarbeit, Tagungsinhalt, alles wirklich wichtig, aber doch nicht jetzt. Abend Abend Abend, nimm ein Ende und schick alle hinauf in ihre Zimmer. Endlich. Konferenz vertagt auf morgen. Sie nehmen lieber die Treppe zu zweit als den Aufzug mit vielen, dann zusammen auf ein Zimmer, niemand hats gesehen. Endlich ist die Türe zu. Das Flattern im Bauch, das Herz schlägt die Haut entlang, zwischen den Beinen dieses Pochen, runter bis zu den Sohlen. Sie sehen einander an, ganz nackt die eine die andere und umgekehrt, müssen lachen und verlieren den Halt und fallen. Aufs Bett. Der Atem hält die Bäuche zurück, die entgegen jeder Eitelkeit zueinander wollen. Die Mitten der Brüste wagen sich vor wie nie, fesseln die Augen, und die Hände überall. Das Bett ist kalt, zu kalt fürs Nacktsein ohne Frieren, also frieren die Ladys, was hilfts, sie fahren sich gegenseitig über die Gänsehaut, die Decke ist zu kurz für beide aufeinander, an den Seiten zieht es, sie werfen sich herum, das Bett ächzt, mit den Fingern die Brüste suchen, die hängen sich hinein in warme Hände, machen beide an und auf, sie riechen ihre Lust, die Nasen scheren aus, zu anderen Gerüchen, dann sind sie wieder da, voll und ganz, reimt sich auf Schwanz, reimen beim Sex, gibt es eigentlich irgendetwas, das nicht geht beim Sex, sie sehen einander an, als würden sie denken, dass die andere gerade versucht, sich zu erinnern, ob sie ihre Tagungsmappe im Speisesaal hat liegen lassen, inzwischen sind sie aneinander irgendwo, Eisfüße beide, wo ist denn die Decke, sie lassen einander hinein in sich, feucht und nah und fern, sie haben viel zu tun, das dauert seine Zeit, sie frieren und stöhnen, eine zweite Decke über die erste legen, das Bett sagt nur, wieso nicht gleich, die Feuchtigkeit wartet geduldig, bis sie es fassen können, und hüllt sie ein. Die Eheringe ducken sich und glänzen leise mit. Es bleibt ihnen nichts anderes übrig.

‚Was würdest du sagen, wenn ich keine Lady bin, sondern ein_e Ladyman?'

‚Auch gut, mein Lieber', antwortet Anneanne und streicht ihrem Transliebhaber über den Bauch.

Vier Tage sind vergangen, seit die Besucherin in Frankfurt ist. Nur einen, höchstens zwei Tage wollte sie bleiben. Hat zu tun in Wien, war auf den Großfamilienauftritt nicht eingestellt und ist doch geblieben. Die Verabschiedungsbereiten sind wieder abgereist, weil Oma zu sehr lebt. Schule ruft die Kinder, Arbeit die Erwachsenen. Nur die Freiberuflerin ist verschiebbar, bleibt, wenn andere aufbrechen. Sie schläft in einer unscheinbaren Pension, überquert zu Fuß den Main auf dem morgendlichen Weg in die Klinik und abends noch einmal, auf dem Weg zurück. Telefon und Internet bieten notdürftig Versicherung, dass es ihr eigenes Leben in Wien noch gibt. Stundenweise würde sie es gerne herholen an den Main, mit allen Differenzen, die aus der Entfernung nicht mehr wichtig scheinen, und sich gegen ahnungslose Familien in Krankenhausaufzügen verbünden. Aber Wien denkt nicht daran, die Donau gegen den Main zu tauschen oder in einem Zimmer Nummer 9 zu sitzen. Oder vor den Aufzügen auf dem Gang. Oder in der Cafeteria im Erdgeschoss, wo Wurstsemmeln belegte Brötchen heißen.

Aus dem mittleren Aufzug kommt eine Person um die sechzig, die es offensichtlich eilig hat. Schnell findet sie Zimmer Nummer 9, klopft und hält schon die Klinke in der Hand.

„Pardon, zu wem möchten Sie?"

„Zu Philippa Mebis."

„Guten Tag, ich bin eine Enkelin."

„Und ich die Tochter von Philippa Mebis' Kindheitsfreund."

„Das wird sie freuen, sie hat oft von Roni erzählt. Oder Ron."

„Pardon, wie war Ihr Name?"

„Dorn, Pippa Dorn. Wie Horn, aber es piekt. Wie Ron, aber mit D am Anfang und einem übersprungenen o. Also das r überspringt das o, quetscht sich zwischen o und n, orn quasi. Und mit dem Anfangs-D wären wir bei Dorn."

„Ich verstehe nicht."

„Entschuldigen Sie, ich bin etwas außer mir, seit Tagen fast nur hier im Krankenhaus."

„Halten wir uns nicht lang mit ‚Sie' auf, ich hoffe, das ist in deinem Sinn. Schaffst du das, ich meine das ‚Du', trotz meines fortgeschrittenen Alters?"

„Freut mich und schön, dass Sie kommen."

„Minus", sagt Rons Tochter nüchtern.

„Pardon, schön, dass du kommst."

„Kann ich zu ihr?"

Keine Dreiviertelstunde später verabschiedet sich die hastige Besucherin, als hätte sie etwas Wichtiges erledigt, und ist so plötzlich in einem Aufzug verschwunden, wie sie gekommen ist.

Was hat die Enkelin zu erledigen, wann kann sie aufbrechen in einen Moment und den nächsten mit einem klaren Grund. Wie lange wird sie noch hier sitzen, auf einem der orangen Schalensessel vor den Aufzügen, in diesem Zeitloch. Ab wann ist wer tot – ölü. Sie fährt mit rauen Flächen ihrer Finger an der Oberlippe entlang, jedes kleine Reiben spüren.

Mit dem Schlauch in der Nase braust die verwirrte Patientin von Zimmer Nummer 9 auf einem breiten Bett durch die Gänge rückwärts in den Notfallwagen. Die Ohren, sie sucht ihre Ohren. Die hören das Martinshorn, es spielt für sie. Sanitäter tragen sie auf einer Trage in die letzte Nacht zu Hause, in die Lebendigkeit und alles, wie es war. Wieder ganz die Alte, spurtet sie verkehrt herum durch ihre Lebenszeit. Auf dem Weg fliegen Frühstücksbrote an ihr vorbei, tausendfach geschmiert, jeden Morgen, und Süßstoffpillen bilden eine Kette, so schnell ist sie unterwegs nach da, wo sie mit ihrem Namen angesprochen wird. Nicht Oma oder Mutter. Tagungsmikrofone begrüßen sie in zig Sprachen. Schwere Medaillen werden ihr im Zeitraffer umgehängt. Der kahle Kopf der Tochter, eine Pause durch die Zeit. Sie rastet. Die Hand so voll mit Traurigkeit und Fragen. Dann reißt es sie fort – bleib – sie rennt davon, läuft und läuft ihr Leben zurück, stolpert durch ein kollektives Schweigen, überspringt das ‚Tausendjährige Reich', als sei es nie gewesen, wird weniger, nicht mehr zu siebt, zu sechst, zu fünft, zu viert, zu dritt, ein Ehepaar. Blank gescheuert der Boden, damit der Gatte davon essen kann. Sie will hoch hinaus, fliegt gegen die Decke und stürzt ab.

Wenn jemand hineinschauen könnte in Zimmer Nummer 9, von außen, Fensterputzer_innen zum Beispiel, würde nichts Besonderes auffallen. Eine alte Person in einem verstellbaren Bett und eine zweite Person, jünger, auf einem Besucher_innensessel. Alt und mitteljung auf Zimmer Nummer 9. Die frappierende Ähnlichkeit in den Gesichtszügen der beiden wäre von außen nicht zu erkennen. Familie, geebnete Wege, Vorarbeit und Fortsetzung. Ein Haufen Geschichte. Tradierung. Von was genau. Nicht der Rede wert, welches Fenster bietet mehr. Da sitzen sie und denken jede nur an sich. Das tut gut. Es gibt Zeit und Ruhe. Kein Wecker läutet, kein Handy klingelt, kein Mikrofon knackt. Die beiden müssen nichts. Sie sind einfach da.

„Ron! Willkommen, Roni! Roni, Ron."

„Ich bin nicht Roni."

Alte Arme greifen wieder und wieder in die Luft.

„Die Person, die dich besucht hat, war seine Tochter. Roni ist nicht hier, er lebt nicht mehr."

Die Wiedersehensfreude der Patientin ist groß, lacht jede Logik aus.

„Willst du tanzen gehen, Arm in Arm mit Roni, wie damals, Anfang der 1930er-Jahre? Was weiß ich, in einen Jazzclub im Herzen von Berlin. Oder hier in Frankfurt. Ihr grüßt eure Freund_innen rechts und links, ihr trinkt viel, lehnt Rücken an Rücken und schaut denen zu, die noch immer tanzen, irgendwann ist es nach drei Uhr früh. Du kommentierst seine Auswahl an Flirts und gibst deine Best-of-Auswahl preis. Er macht dir Komplimente, die einfach dich meinen und nicht eine Rutsche in sein Bett bedeuten. Du findest ihn den Schönsten. Die Nacht ist lau, der Club vibriert, Arm in Arm schlendert ihr durch den erwachenden Morgen, nicht mehr ganz trittsicher, Fuß vor Fuß, und heißt den neuen Tag willkommen."

Die von der winkenden alten Frau umgerührte Luft scheint die Orientierung verloren zu haben. Es zieht, obwohl weder Tür noch Fenster offen sind.

„Wieso bist du nicht mit ihm gegangen, wieso bist du geblieben, wo er nicht mehr bleiben konnte. In Deutschland. Damals. Wieso?"

Im leeren Haus der Großmutter ist die Kellertreppe gewischt, spurenlos weist sie den Weg hinunter. Das Bett ist abgezogen und weiße Wäsche trocknet im Keller. Das Radio wartet auf dem Nachttisch auf seine Besitzerin. Ihre Orte wirken verwaist, seltsam einzeln macht jeder auf sich aufmerksam und fragt nach ihr. Im Kühlschrank ist nicht viel zu sehen. Er wirkt noch am neutralsten. Ihr Büro wartet auf Anrufe, niemand hebt ab. Arglose Post sammelt sich auf dem Schreibtisch und will die Umschläge verlassen. Es riecht wie immer, Auto in der Garage, ja, sie ist tatsächlich noch gefahren. Im Bad fehlt ihre Zahnbürste, die ist jetzt auf Zimmer Nummer 9. Manchmal scheint es, als wäre ihr Lachen zu hören im Haus oder sie am Telefon. Das muss ein Irrtum sein. Sie ist nicht da. Das fällt am meisten auf im Haus.

So berichtet ein entfernter Verwandter auf dem Gang. Ihn hat der linke Aufzug ausgespuckt. Auf Zimmer Nummer 9 war er nicht lang. Er hat das Schweigen nicht ertragen und seine eigenen Tage gezählt. Fast hat er vergessen, die Blumen dazulassen. Wieder wurde das Fenster angeweint, es hat dazu nichts gesagt. Auf dem Gang erkundigt sich der Verwandte, zu welchem Zweig der Familie die Enkelin gehöre. Dann erzählt er von sich und sie auch.

„Da muss die Ärmste erst die Treppe hinunterfallen, damit wir uns begegnen und miteinander reden", konstatiert er schließlich und fragt: „Wo lebst du eigentlich?"

„In Wien. Und du?"

„Duisburg."

Sie ziehen sich einen Kaffee aus dem Automaten vor den Aufzügen, viel zu wenig Zucker.

„Du siehst ihr ähnlich", stellt der Verwandte fest, „es ist beruhigend, zu wissen, dass jemand an sie erinnert, ohne irgendetwas tun oder sich anstrengen zu müssen."

„Sie hat mir viele Geschichten erzählt, als ich Kind war, die weiß ich alle noch", sagt die Enkelin, „apropos erinnern, und immer sind sie gut ausgegangen, mit einem Lachen in der Luft."

„Erzähl eine Geschichte."

„Die Originalversionen sind zu lang. Der Plot von einer der Geschichten geht ungefähr so: Die Zeit in Wald und Flur steht still. Alle Jäger sind auf der Pirsch. Gejagte Hirsche rollen lautlos die Geweihe ein, bevor sie planmäßig erliegen. Einmal tot, ist nichts mehr zu entrollen. Trophäenlos der Gegner, übrig bleibt nur so ein toter Hirsch. Die kahlen Wände in den Jägerstuben, die Helden keine Helden mehr, schweigend wird das Hirschragout gegessen. Das Wild spricht sich ab, Unverbesserliche ziehen ballernd durch die Wälder. Sie glauben nicht ans Rollgeweih. Über den Wipfeln liegt ein Lachen in der Luft."

„Nichts fand sie langweiliger als Stammtische, Altherren-Witze, Jagdgesellschaften und Sportvereine", nickt der Verwandte, „selbst meine Witze fand sie nicht komisch, dabei sind meine wirklich komisch. Obwohl ich ein alter Herr bin, ein alter Sack meinetwegen, sie hat nie über meine Witze gelacht."

„Wir reden, als wäre sie schon gestorben."

„Wie ist es, ihren Namen zu tragen?"

„Seit ich in Österreich lebe, hadere ich mit der Abkürzung. Pippa. Klingt wie Bipa. Ein Drogeriemarkt. Gibt es Bipa auch in Deutschland? So oder so klingt es nach Feuchttüchern."

„Übrigens gab es eine Firma Dorn, Sani-Dorn, die im Sanitärzubehör- und Kosmetikhandel eine große Rolle in Österreich gespielt hat, apropos Drogeriemarkt."

„Sani-Dorn habe ich noch nie gehört."

„Ich weiß nicht, ob es diese Firma heute noch gibt und, falls ja, ob sie noch so heißt. Berüchtigt sind Treibjagden, die der alte Dorn veranstaltet hat, bei denen Zwangsarbeiter der Firma die Treiber machen mussten. So oder so in der Schusslinie. Apropos Jagd."

„Oma hatte nichts mit Sanitärzubehör zu tun, soweit ich weiß, und Opa auch nicht", entgegnet die Namensträgerin.

Nach diesem komplett unnötigen Einwurf kauft sich der Verwandte noch ein Getränk, dieses Mal einen Zitronentee, trinkt langsam. „Endlich genug Zucker."

Ihr Handy piepst, sie hebt nicht ab. Zieht sich einen Kakao aus dem Automaten. Nie sonst sagt sie Oma oder Opa, wieso jetzt.

Der Verwandte stellt klar, dass er durch Zufall im Internet auf Sani-Dorn gestoßen sei, über den Bericht eines ehemaligen Zwangsarbeiters in der Onlineausgabe einer Tageszeitung, er gebe immer wieder mal den Namen Dorn in die Suchmaschine ein und schaue, was da kommt, er habe aber auch nicht weiter nachgeforscht, im Übrigen gebe es vermutlich Dorns wie Sand am nicht vorhandenen österreichischen Meer, und er wisse jetzt auch nicht, warum ihm das eingefallen sei, all die Apropos, in Krankenhäusern komme man leicht vom Hundertsten ins Tausendste und auf düstere Gedanken sowieso, er sei keiner, der die Vergangenheit ständig aufrühre, aber er wolle auch nicht die Augen verschließen vor dem, was gewesen sein mag, er rede jetzt je länger, desto kryptischer, scheine ihm, der Zustand der Patientin habe ihm doch die Fassung geraubt, ja, es fühle sich tatsächlich so an, als sei sie schon nicht mehr auf dieser Welt.

Sein Redefluss versiegt abrupt.

Sie versuchen noch, über dies und das zu reden, aber das Gespräch stockt. Auch der Automat hat nichts Neues mehr zu bieten. Sie versichern einander, es nicht bei dieser Begegnung belassen zu wollen. Es hat sie beide sehr gefreut. Und dann nimmt der mittlere Aufzug ihn mit.

Die alte Dame hat schon wieder zu tun. Weißhaarig sitzt sie im Bett und redet mit dem ganzen Raum, als die Enkelin sich zu ihr setzt. Die Sprache ist nur für die Rednerin verständlich, die offensichtlich zufrieden ist, dass eine junge Mitarbeiterin sich eingefunden hat. Die spielt mit, nickt wissend und malt Notizen in die Luft. Dann wird offenbar diktiert, kein Wort ist zu verstehen. Sie haben es gut, die Arbeit geht voran, der Tod weit abgeschlagen. Gäbe es hier ein Büro, die Mittdreißigerin würde Protokolle für die Lady tippen. Ad 1: die Frauen, ad 2: die Welt und was die Welt zusammenhält. Alles wird möglich. Thank you very much.

Sie atmen ein, sie atmen aus, ein und aus, ein und aus, es geht ganz leicht, ein guter Rhythmus, die beiden atmen eine lange Weile.

„Pippa, ich möchte etwas trinken."

Erkannt. In der Krankenhausküche denken die Leute, die Besucherin von Zimmer Nummer 9 habe im Lotto gewonnen. Sie ist erst einige Tage hier und möchte ewig bleiben.

Noch einmal drei Tage. Verlängert. Der Patientin geht es täglich besser. Ihre Töchter und Söhne kommen und gehen, reden mit den Ärzt_innen, buchen einen Platz in der Rehaklinik, alles wunderbar. Die Patientin war vor dem Sturz so jung trotz ihrer 92 Jahre, sie wird es wieder sein. Nur der alte Kopf muss wieder in Ordnung kommen, aber das wird die Reha schaffen, die moderne Medizin vermag Unglaubliches, ist man sich einig. Sonst alle Werte top. So weit.

Großmutter und Enkelin schauen Fotos an, auf der Bettdecke verteilt. Von der Reise an die Ostsee, vor drei Jahren erst. Vielleicht erkennt die im Krankenbett Gestrandete ihr Kindheitsmeer, das viele Blau auf der Decke, in kleinen Quadraten, weiß umrandet, sieht aus wie Memory.

Wie damals am Meer sitzen und nicht genug kriegen. Möwen fragen einander im Flug, was macht sie da, so lange Zeit, die Kleine, holt sie denn niemand ab. Das Mädchen will noch bleiben. Ihr ganzes Leben liegt vor ihr. Jetzt muss sie nicht wissen, wie es werden und welche Dinge sie erfahren wird, über wen und warum. Es reicht, wenn sie im Sand sitzt, Blick aufs Meer, und ihr Spiel spielt. Augen zukneifen und alle verschwinden lassen im tiefen Blau und manchmal Grün. Niemand da. Nur Möwen.

Die junge hält die zwei Generationen ältere Hand. Außenlos durch die Zeit schweben. Der Wecker steht daheim am Bett mit der frischen Wäsche. Die Patientin lacht die Zeit aus, hält sie an, spult zurück und wartet auf nichts. Atmen teilt die Zeit ein, aber nicht in Sekunden. Wird es zu regelmäßig, setzt die alte Frau aus und grinst. Bei Herzstillstand schlägt der Wecker weiter. Aber der ist nicht hier und hat also nichts mitzureden. Die Welt ist ausgeschlossen. Dieser Zustand macht süchtig. Dann wird es leer im Zimmer. Verdammt gedankenleer. Die Bettlägrige sieht gelangweilt aus. Alt und uninteressant, übrig geblieben, vom Treppenabsatz aufgerafft wofür.

Zweigeteilte Leere. Die eine lächelt, die andere lächelt nicht. Endlich wieder ein Unterschied. Die Enkelin möchte etwas fühlen. Sie beschließt, zu fühlen. Ganz langsam von innen her. Sieht die trockenen Lippen sich bewegen, versucht, ihrer Großmutter die Worte mit einem nassen Tuch von den Lippen zu wischen. Sie fallen aufs Bett, die Worte, aus dem Tuch heraus, tonlos, und zerplatzen wie Seifenblasen. Die Enkelin legt ihr Ohr an den zwei Generationen älteren Mund. Es kitzelt. Wort um Wort zerplatzt an ihrem Gesicht. Sie wird etwas erfahren, das niemand weiß. Und es hüten bis zum eigenen Tod. So kennt sie es aus Filmen und wartet auf die Geigen. Die geigen nicht und auch sonst ist es still. Vielleicht geht es nur um ein Kochrezept oder alte Adressen, eine Frage oder einen Vers aus einem Lied. Sie beschließt, dem Moment die Größe zu nehmen, und macht ihn klein, und dann tut es ihr leid. Vielleicht sollte sie etwas sagen, ihr fällt nichts ein. Sie bewegt ihren Mund, spiegelt den Versuch, Worte zu bauen und Stimme dahinterzusetzen. Die Patientin sieht den jungen Mund näher und näher kommen. Nicht fressen. Alte Augen schließen sich in der Erwartung, von dem Mund verspeist zu werden. Aber niemand beißt in sie hinein.

Die Enkeltochter verflucht Hollywood. Sie überlegt, der Patientin die Zähne zu putzen, aber sie weiß nicht, wie. Sie lässt den Gedanken wieder los und sucht neue. Redet drauflos vom Wetter und über Kartoffelsalat und Wiener Würstel, die es früher immer gab, von dieser Reise und jener Konferenz, von Tagespolitik und ihrem Leben in Wien, sie ist nicht mehr zu bremsen. Reden macht hungrig, wann kommt denn das Essen, wann kommt hier überhaupt einmal etwas.

„Hast du Slipeinlagen für mich eingepackt? Es liegt ein Lachen in der Luft. Grüß mir die Möwen."

So einfach stehen die Worte im Raum, dass die Enkeltochter meint, sie zu sehen. In beide Hände möchte sie sie nehmen und in die Hosentasche stecken.

„Ich war ein schickes Baby."

Eine Schwester kommt herein, so direkt nach dem Klopfen, dass ein Ja keinen Platz mehr hat. Sie tauscht den Tropfbeutel aus. Dann ist sie wieder fort.

„Deutsche Frauen, kommt zum Arbeitsdienst für Volk und Heimat! Die Kirschenkinder waren rot. Wir werden siegen."

Die Enkelin sucht ihr Handy. Sie findet nichts zu sagen.

Aber die alte Dame: „Ist ja aufregend."

Alles rauscht. Nur die Möwen gleiten lautlos durch die Luft.

Das Bett ist aus Sand, bis an die Zimmerdecke reicht das Meer, Kindheitsmeer. Die Patientin sitzt in den Wellen und ist trotzdem trocken. Wo sind die Ohren. Alles ist Ohren. Da geht jemand hinaus, Tür zu. Sie schaut zur Tür und der Besucherin nach. Die ist weggerauscht und die Tür wird Meer. Der alten Frau ist windig zumute. Sie fliegt durch die Brandung. Die Wellen wenden sie wie einen Fisch in der Pfanne, von beiden Seiten sonnenverbrannt. Gebt ihr ihr Meer her. Atemlos zählt sie Salzkörner. So viel ist noch zu tun, es ist nie aus. Niemand hilft ihr Wellen brechen. Sich selbst überlassen sortiert ein kleines altes Mädchen Gerüche nach Farben, während tausend Möwen der Sonne winken.

‚Volk' und ‚Heimat'. ‚Siegen'. Wer holt die Enkelin hier raus. Wieso lebt ihre Mutter nicht mehr. Wieso hebt niemand ab in Wien, wo sind alle. Die Schultern treffen sich in der Mitte, vom Nacken bis zum Zwerchfell eine gefühlte Eisenplatte.

Weißhaarig zieht hier jemand die Schuhe an, jeder Fuß bekommt einen, und wo ist der Boden. Nach dem Stehen kommt Gehen, Schritt für Schritt raus aus Zimmer Nummer 9. Der Aufzug dient als alter Ford Escort und immer links abbiegen, das Lenkrad schwingt leicht in aufgewachten Händen, die längst ihre Ohren wiedergefunden haben. Links und links und doch nicht im Kreis, sondern weiter bis vor alle Türen, über Kies und Kies und Kies. Wieso bremsen, wenn es endlich bergab geht, der Kies so laut vertraut unter den Reifen und Füßen. Hinunter und nie mehr bremsen, volle Fahrt nach Hause zu den Rosen. Wer hat die gegossen. Das Auto sucht sich seinen Weg wie im Schlaf. Die Fahrerin biegt in ihre Straße ein, fährt gegen die Einbahn, oder was ist das hier, und blockiert den Verkehr. Aber sie stört das nicht, bunte Autos lächeln einander zu, sie fährt am schnellsten heim. Kurz ins Büro, das im Garten zwischen den Rosen liegt, und wichtige Blätter rascheln in den Bäumen. Sie tippt sie voll, lehnt sich zurück und riecht das eigene Haus. Jetzt noch parken, das gute alte Auto, und für immer zurück nach Hause aussteigen. Wo ist denn der Schlüssel.

Die Mittdreißigerin rennt und rennt und wird nicht älter, obwohl die Zeit an ihren Füßen rechts links rechts vorüberrinnt. Wo läuft sie hin. Was sagen die Schultern. Sie überquert Straßen, so weit das Auge reicht. Auf dem Weg nach vorn holt sie ein, was sie hat. Ein Zimmer für sich allein, eine Wohnung, in der sie gerne wohnt. Dort hat sie Platz und Licht. Vertraute Geräusche, sie kommt vor, kauft ein, ist unter sich. Ihrem Zimmer fehlen die Schritte. Unruhig rutscht der Schreibtischstuhl herum. Wenn er sie sehen könnte, ohne Ziel und immer weiter. Das hätte er nie geglaubt. Er kann es nicht sehen und glaubt also, was er weiß, und weiß nicht viel. Steht vor ihrem Schreibtisch und dehnt ein bisschen seine Rollen. Sie möchte auf den Autodächern weiterlaufen, Kilometer schlucken, immer schneller, immer weiter weg.

Schlüssel gefunden, jedenfalls sein Geräusch, so geht die Tür auf und die ‚große Mutter' kommt herein wie immer. Das weiße Haar fliegt mutig herum. Die Ohren hat sie mitgebracht, ihre Hände und das, was am Fuß der Kellertreppe liegen geblieben war. Sie ist wieder zurück. Alle sitzen im Wohnzimmer und rufen Hurra. Niemand hat an Streuselkuchen gedacht. Die Bejubelte lächelt müde vor sich hin, sie will ins Bett. Das ist zu frisch zum Sterben. Also noch ein bisschen im Auto im Garten sitzen und Verwandte zählen. Menschen, so weit das Auge reicht.

Das Klopfen holt beide zurück, Krankenhausessen. Auf Zimmer Nummer 9 gibt es Hühnerfrikassee. Nur eine Portion. Mit viel zu wenig Reis. Das sieht jede auf den ersten Blick. Ein paar Schwesternfragen noch und Tee im Becher. Guten Abend. Vor- und Nachfahrin. Jäh gestoppter Aufbruch, und das mal zwei. Beide sind in diesem Krankenzimmer, wo sie auch vorher waren, fast fragen sie einander, wo kommst du denn her.

Die Fotos liegen inzwischen auf dem Boden. Die Patientin lehnt sich im Bett zurück, sie sieht klein aus, das Bett ist zu groß für sie. Die hell- und dunkelblau gemusterten Socken wirken wie Moonboots an ihr. Wieso trägt sie heute Socken. Draußen beginnt es zu dämmern. Sie schaut ihre Namensträgerin eindringlich an. Die traut sich minutenlang nicht, sich zu rühren. Was will das alte Gesicht von ihr. Sie wird in die Hose machen, wenn sie nicht ein WC aufsucht. Sie entschuldigt sich leise. Als sie der Patientin den Rücken kehrt, ergreift sie eine heftige Panik. Aus heiterem Himmel. Sie wird etwas nach ihr werfen. Einen Gegenstand. Oder Worte. Die eigene Großmutter. Anneanne. Jetzt. Jetzt. Jetzt.

Nichts wird geworfen. Die Enkelin sieht sich nicht um, sondern geht weiter durch das Zimmer zum WC. Weiß nicht mehr, wo oben und wo unten ist, spürt nur einen Druck im Kopf und notwendigste Befehle ihres Gehirns an die Beine, weiterzugehen, und an die rechte Hand, die Türklinke zum WC hinunterzudrücken. Sie schließt die Tür von innen und sinkt zusammen. Geht einfach in die Knie. Beginnt hemmungslos zu schluchzen. Die bloße Tatsache, dass nichts passiert ist, raubt ihr die Fassung. Alles ist ganz normal. Eine Person zu Besuch bei einer älteren Person. Kurze Unterbrechung des schon lang dauernden Nachmittags, eine WC-Pause. Nichts weiter. So leise wie möglich reißt sie Papier von der Rolle und zieht die Spülung. Wartet, dass sich wieder Boden unter ihre Füße schiebt. Erst Minuten später versucht sie wirklich, sich zu erleichtern, vergeblich, obwohl der Harndrang immens ist. Sie gibt auf, zieht abermals die Spülung. Hält ihr Gesicht unter den Wasserhahn. Trocknet sich ab. Öffnet die Tür und schließt im selben Moment die Augen. Noch einmal bereit, getroffen zu werden. Wird sie aber nicht. Fassungslos erreicht sie die Patientin mit Moonbootfüßen in diesem Bett aus weißen Stangen. Über dem verwirrten Kopf ein Haltegriff-Mobile.

‚Tiefflieger', ‚Bombenalarm', ‚Oma mit den kleinen Kindern auf überfüllten Bahnhöfen in eiskalten Winternächten', ‚ein Albtraum'. Die Enkelin stopft 36 Jahre lang verabreichte Familienopfererzählungen unter die Bettdecke der alten Frau.

Dann sammelt sie ihre Fotos ein und bricht auf, nicht nur aufs WC. „Bis später", Jacke an, zwei Stufen auf einmal und hinaus aus der Klinik. Draußen liegt allerlei herum wie immer. Glasscherben, Hundehaufen, irgendetwas. Sie beschleunigt ihren Gang, schließlich läuft sie los und läuft und läuft, süchtig nach dem Takt der Füße, grün gelb rot, es blinkt, es hupt, es bremst und pfeift. Aber sie läuft weiter. Ein Polizist ruft Halt. Zwischen breiten Beinen pfeift der Wind. Der Beamte möchte etwas sagen. Wahrscheinlich Stopp oder Ihren Ausweis oder Nanana. Er sagt nichts. Er hat die Worte verloren. Die genießen den unbesessenen Moment, purzeln durcheinander und bilden neue Seilschaften. Unbeherrscht platzen sie in dem Ordnungshüter herum. Der Polizist versuchts ein letztes Mal. Worte rutschen anderen den Buckel runter. Es bleibt still. Nur der Wind pfeift sein Lied und jemand läuft. Weiter, immer weiter.

Sie ist nicht da, als Philippa Mebis stirbt. Den Moment verpasst. Plötzlich ist sie gegangen, die alte Frau, eingeschlafen und nicht mehr aufgewacht. Freier Fall in große Stille.

Bevor sie das Krankenhaus verlässt und nachdem sie die Familie telefonisch informiert hat, bestellt die Enkelin sich in der Cafeteria ein Stück Streuselkuchen, Tee und setzt sich an einen Tisch am Fenster. Erst als sie sitzt und den Blick schweifen lässt, sieht sie die Tochter von Ron, die winkt. Matt winkt sie zurück.

„Ist sie tot?" Vor jeder Möglichkeit zur Einwilligung sitzt die Fragerin am Tisch.

„Ja, jetzt doch überraschend. Woher weißt du das?"

„Du bist bleich und wirkst geschockt. Wie man geschockt ist, wenn jemand stirbt. Es tut mir leid für dich."

Wieso nicht dieser fast Unbekannten um den Hals fallen und heulen. Aber die sagt: „Dann bin ich offenbar zu spät. Wollte noch einen Kaffee trinken und dann die winzige Chance auf einen klaren Moment von deiner Großmutter nutzen. Hätte trotz allem sein können, plötzlich, ein Moment im Hier und Jetzt. Mein Zug geht in der Nacht. Erzähl mir etwas über sie."

„Das Letzte, was sie gesagt hat in meiner Gegenwart, war: ‚Ist ja aufregend.' So war sie. Erzähl du mir auch etwas über sie."

„Sie war die engste Kindheitsfreundin meines Vaters."

„Ich kann mich noch an Roni erinnern. Als Kind habe ich ihn ein paarmal getroffen, als er zu Besuch bei meinen Großeltern war."

„Mein Vater hieß nicht Roni."

„Aber –"

„In deiner Familie haben alle Spitznamen, soweit ich weiß, deine Großmutter hat auch Nichtfamilie mit Spitznamen versehen, jedenfalls meinen Vater. Er hieß auch nicht Ron."

„Sondern? Robert? Roland?“

„Ich dachte, wir reden über deine Großmutter. Ich selber habe sie erst ein Mal gesehen. Das war vor knapp zehn Jahren, mein Vater war schon krank. Jetzt habe ich sie zum zweiten Mal gesehen, um ihr etwas auszurichten von Vater, der inzwischen tot ist. In seinem Nachlass gab es eine Nachricht an sie. Ich habe wochenlang Briefe gelesen, die Vater und deine Großmutter sich geschrieben haben, früher, bevor er Deutschland verlassen musste 1936, dann nicht mehr, ab Ende der 1940er-Jahre wieder. Manisch habe ich gelesen, akribisch. Ich war fast süchtig nach den Briefen, nach der Zeit. Vielleicht nach den Extremen dieser Zeit. Zu lesen bekam ich viel Unextremes. Über das Wetter, Politik nur am Rande, sehr allgemein. Das Essen. Verwandte. Später über die Kinder, mich, meine Geschwister, deine Mutter und deren Geschwister. Ich hätte die Briefe schon mitsprechen können, so ähnlich waren sie sich. Ich habe sie trotzdem alle von vorne bis hinten durchgelesen, auf der Suche nach DER besonderen Zeile, DER Erkenntnis. Als ich alle gelesen hatte, fing ich stichprobenartig noch einmal an, dachte, ich könne etwas Wichtiges überlesen haben. Ich wollte wissen, was war, ich wollte die Verbindung zwischen Vater und ihr verstehen. Wieso sie Nationalsozialistin werden konnte, obwohl ihr bester Freund jüdisch war. Wieso er den Kontakt nach dem Krieg wieder aufgenommen hat. Wo hat sie nach 1945 die völkisch-nationale Gesinnung, wo den Rest ihrer verheerenden Überzeugungen vergraben. Du bist noch blasser geworden, ist das neu für dich?“

„Völkisch-national?“

„Wieso gräbst du in diesen alten Sachen herum, haben alle gefragt, es gibt doch Anderes, das wichtiger ist, wir schauen doch heute auch zu bei Ungeheuerlichkeiten, die geschehen, direkt neben uns. Ich habe mich nicht beirren lassen, obwohl fast alle Fragen offengeblieben sind. Dann habe ich gehört, dass die alte Dame böse gestürzt ist. Und bin aufgebrochen. Zu spät. Einerseits. Um Antworten von ihr zu kriegen. Rechtzeitig andererseits. Um auszurichten, was mein Vater ihr sagen wollte."

„Ich befürchte, sie hat die Nachricht nicht mehr lesen oder jedenfalls nicht mehr verstehen können." Eindeutig steht im Raum, wer die Nachricht gerne erfahren würde, sich aber nicht traut, zu fragen.

„Wieso bist du nicht früher gekommen, vor ihrem Sturz? Sie war immerhin schon 92."

„Wieso hast du nicht gewusst, dass sie glühende Nationalsozialistin war?"

„Das wurde nicht erzählt. Ich dachte, ich weiß alles."

„Aber nicht, dass sie Nazi war?"

„Aber nicht, dass sie Nazi war."

Durch die Scheibe des Cafés ist der Verwandte vom Kaffeeautomaten zu sehen, der eilig die Eingangshalle durchquert. Ob er schon informiert ist. Vielleicht schickt ihn auch der Zufall gerade jetzt noch einmal her.

„Mitläuferin ja, das wusste ich, alle meine vier Großeltern, aber mit den Nazis und der NSDAP habe man nichts zu tun gehabt, hieß es. Im Gegenteil. ‚Mein Kampf' sei ein schrecklich schlechtes Buch. Hieß es."

„Man weiß nie bei Familien, was noch ans Tageslicht kommt, verborgene Liebschaften, Hakenkreuzabzeichen, Burschenschafterkäppis, Nicaragua-Erinnerungen, Geschwister, Schulden oder Antidepressiva."

„Vielleicht sollte ich mich umbenennen. In Horn zum Beispiel. Auch um den Namen einmal andersherum zu buchstabieren als mein Vater. Horn wie Dorn, nur piekt es nicht. Horn wie Harn, aber ohne a. Sondern mit o. Wie ohne. Horn wie born. Neugeboren. Horn wie Einhorn oder Nashorn oder Alphorn oder Hornochse. Horn wie Zorn. Sani-Zorn. Es ist endlos. Vielleicht besser einen ganz neuen Namen annehmen. Brechen mit allem. Oder wäre das Verdrängung. Namen legen sich nicht fest, sie sind zu nichts zu gebrauchen. Was meinst du?" Die Frage rutscht vom Tisch.

Für die Nachrichtenüberbringerin ist das Gespräch offenbar beendet. Jedenfalls schlägt sie die Beine übereinander, trinkt ihr ganzes Glas Tee aus und kramt in der Umhängetasche nach ihrer Geldbörse.

War dein Vater schwul, liegt der Enkelin auf der Zunge. „Ist es für Sie –", beginnt sie stattdessen und wird sofort unterbrochen: „Ich dachte, wir duzen uns."

„Sind Sie sicher, dass Sie das nicht rückgängig machen wollen?"

„Nein, warum. Und du?"

Nach einer peinlichen Pause verabschieden sie sich, wollen einander auf den Tee und Kuchen einladen. Es dauert eine Weile, bis sie geklärt haben, wer zahlt.

Etwas noch, möchte die Enkelin fünf Minuten später ergänzen, als die Tochter von Ron, der nicht Ron hieß, schon das Krankenhaus verlassen hat und sie mit dem Aufzug hinter dem Verwandten her in den dritten Stock fährt, es war zu spät, um Fragen zu stellen, ich habe mich einfach von meiner Großmutter verabschieden wollen.

Das klingt so unerträglich bekannt, antwortet sie sich selbst, als die Leuchtziffer im Aufzug auf drei springt.

ZWEI

Wien

Ich sitze im Zug. Wer ist ‚ich'. Ben heißt ich auf Türkisch, sen heißt du. Alles neu, denke ich, denkt ben. Ich ist ben, großgeschrieben wie ein Name, Ben sitzt im Zug. Zurück in meine Stadt, Wien. Am Bahnhof steht Sen. Ich nenne sie ab jetzt sen, großgeschrieben, Du, ein neuer Name. Sen.

Wir haben uns gefehlt. Voreinander stehen wir und suchen uns. Ben möchte gerne Jacken tauschen. Wir tun es, Ben fühlt sich klein, weil Sens Jacke zu groß ist.

„Erzähl mir von deiner Großmutter."

„Ben sieht ihr ähnlich."

„Ben?"

„Ich."

„Ach so, sen."

Wir schauen uns an. Lachen. Verlegen. Über uns. Und vor Freude. Dass es uns gibt. Immer weiter gibt. Dich und mich. Sen und Ben.

„Sie ist gestorben, als Ben gerade durch Frankfurt gerannt ist."

„Wieso bist du gerannt?"

„Alles andere war zu langsam. Gehen wir zu dir?"

„Aber bitte lass Ben hier am Bahnhof. Ich kann kein Türkisch. Hat deine Großmutter mit dir geübt? Hast du die ganze Fahrt lang Vokabeln gelernt, Begräbnis, Blumen, langes Leben?"

Ich habe Sens Bett mit ihr darin vermisst. Es dauert, bis unsere Finger Füße Lippen Körpermitten zueinanderfinden, jetzt erst merke ich, wie weit es ist zu mir, die letzten Tage in Frankfurt liegen dazwischen, meine Lust hat es weit bis in die Gedanken hinein.

„Wer bist du", fragt sie schmunzelnd, wie immer, wenn unsere Universen aus verschiedenen Umlaufbahnen kommen.

Meine Großmutter ist gestorben. Leben ohne sie. Ich meide Kellertreppen. Tod ist an sich selber denken. Ich bin die Einzige mit dem Namen Philippa in der Familie jetzt, wohne, wo ich wohne, und alles ist doch anders. Wie viel Zeit ist schon verstrichen, seit ich wieder in meinem Leben bin, eine Nacht, ein Tag. Einkaufen, auspacken. Müde bin ich und wusste es nicht. Der Tag vergeht irgendwie. Es regnet aufdringlich laut. War es das jetzt. Irgendwo hängen geblieben.

Wie lange noch bis zur Beerdigung. Ein Leichnam in einer hellen Holzkiste. Erde drüber, drumherum verwurzelt sich die Grabbepflanzung. Dunkel ist es da und kalt. Auch im Sommer ist es kühl unter der Erde und einem Grabstein mit zwei Daten und einem angeheirateten Namen drauf. Geboren, gestorben, der Nachname meines Großvaters. Zwischen den Zeilen das, was war. Meine Großmutter. Zu hören ist auch nichts. Still wie nirgends. Ohren und Augen werden nicht mehr gebraucht. Für die Nase gäbe es zu tun, aber die riecht nichts mehr. Kalt und weiß liegt sie in einem Gesicht, das nicht mehr eingestellt ist auf Begegnungen. Die Leiche ist Großmutterreste, Platzhalterin im Erdreich. Ich möchte sie nicht sehen. Womöglich würde meine Erinnerung erstarren, alle Farbe nicht mehr wahr gewesen sein und das Weiß der Haare. Die Leiche würde dem Leben meiner Großmutter Konkurrenz machen, Wanderschuhe würden eigenartig fremd an ihr wirken. Der Beerdigungstermin steht fest. Etwas sagen soll ich dort. Über Philippa. Als Philippa. Aber was. Noch ist nicht Familie. Noch ist nicht Beerdigung. In meinem Leben stehe ich herum und fühle mich falsch. Meine Freund_innen rattern durch ihren Alltag, die Arbeitskolleg_innen sind wie immer.

Ich fahre zu einem Treffen in der WG-Küche von Sen. Die anderen sind schon da, es ist, als hätte ich alle ewig nicht gesehen, obwohl ich nur knapp zwei Wochen weg war und bei den ersten Treffen in den Monaten vor meiner Reise nach Frankfurt immer dabei. Sen hat Reste vom letzten Cateringauftrag übrig, die sie uns auf den Küchentisch stellt. Die Geschwister und der Profesör sitzen auf alten Kinosesseln, meine Mitbewohnerin sucht noch eine Sitzgelegenheit und unsere jüngste Mitstreiterin hat es sich auf der Fensterbank bequem gemacht. Wir fangen an, reden, essen, fallen einander ins Wort, planen, verwerfen, bauen auf einem gemeinsamen Nenner auf. Den haben die anderen gefunden, als ich auf Zimmer Nummer 9 war: in den kleinen Ort in Niederösterreich fahren, aus dem die Geschwister kommen, und dort überraschend am jährlichen Kameradschaftsfrühschoppen ‚teilnehmen'. Immer wieder haben die Geschwister von diesem einen Sonntag im Jahr erzählt, an dem der Großvater mit seinen ehemaligen SS-Kameraden alte Zeiten hat aufleben lassen. Diese Tradition führt der Vater der Geschwister alljährlich fort und lädt das Who's who der niederösterreichischen rechtsrechten Szene am letzten Sonntag im Februar zum Frühstücksbüffet nach dem Gottesdienst ein. Es gilt noch, genaue Zeiten herauszufinden, damit wir das rechtsextreme Stelldichein nicht verpassen. Ein Papier ist zu formulieren, das wir beim Frühschoppen und im Ort verteilen wollen. Und auszumachen, wie wir uns kleiden werden, Tracht jedenfalls, und schminken, wer kauft Bart- und Kotelettenkleber. Ich übernehme mehr als sonst, wie getrieben, zuständig sein, in mein Leben eintauchen und daran bauen, dass es weitergeht. Wieso merkt denn keine_r, dass das nicht stimmen kann, den Termin noch und den und das. Würde ich den Nenner des heutigen Treffens mittragen, wenn es um meine Familie ginge. Bei Nachbarschaftstreffen im Ferienhaus meiner Großeltern habe ich selber Häppchen herumgereicht als Kind, so blond, so herzig. Was für Nachbar_innen waren das. In welchem Geist hat Ehepaar Mebis sie eingeladen. Wäre ich mit meinen Freund_innen hereinspaziert und hätte das gesellige Zusammensein gestört. Hätte ich gewusst, was richtig und was falsch ist. Hätte ich Ewiggestrigkeit angeprangert. Wie viel Schminke passt auf ein Gesicht, um nicht mehr erkennbar zu sein. Wie gut halten aufgeklebte Augenbrauen, Bärte und Koteletten. Wieso schien mir die Richtigkeit einer solchen Aktion vor den zwei Wochen in Frankfurt noch so sonnenklar zu sein. Ich versuche, in den Gesichtern der Geschwister Spiegelungen meiner Zweifel zu entdecken, aber sie scheinen nicht nur fest entschlossen, sondern im höchsten Maße amüsiert zu sein angesichts der genussvoll ausgeschmückten Szenarien für unseren Auftritt und der ersten Ideen für einen Flugblatttext: ... Ö... ein österliches Reich für sich, unschuldsvermutetes Beharren auf dem rechten Posten liegt in Ostmark und Bein ... ein Volk, ein Österreich und kein Früher ... übrig ein Traum vom Reich, zum Ersten, Zweiten, Dritten, ist halt nur ein Österreich, und was nicht war, wird auch nichts mehr werden ... jedenfalls die Monarchie weit abgeschlagen ... wenigstens etwas ...

Die Zweifel scheinen ausschließlich meine Sache zu sein. Ich behalte sie für mich. Wir waschen die Gläser ab und meine Schultern werden niemals leichter. Wieso können sie nicht einfach Schultern sein. Und kein Blei.

Sen und ich schieben unsere Räder. Es ist kalt.

„Komm mit", sagt sie.

„Wohin?"

Wir streiten. Weil ich rede, um zu reden, sie zu schwierige Fragen stellt. Sie wirft mir vor, dass ich nicht greifbar sei, dass ich offensichtlich lieber für mich sei. Je mehr sie mir vorwirft, nicht wirklich anwesend zu sein, desto ratloser werde ich. Bis ich gar nichts mehr weiß. Weder, ob ich lieber allein wäre, noch, ob es mir gut oder schlecht geht, noch, was mich beschäftigt. Mein Kopf fühlt sich dumpf an, wie im Nebel. Um irgendetwas zu sagen, sage ich: „Ich fürchte mich vor der Beerdigung." Während ich es sage, weiß ich schon, dass meine Furcht gerade jetzt keine Rolle spielt. Sen weiß es auch. Ich könnte mich, um das Gespräch in Gang zu halten, hineinsteigern in die Familienstrukturen, in die Aussicht, Seite an Seite am Grab zu stehen mit Menschen, die mir gleichgültig sind. Ich beschließe, mich nicht hineinzusteigern. Sen sieht unglücklich aus. Sie fragt: „Warum hast du Angst vor der Beerdigung?"

Um Zeit zu gewinnen, antworte ich sehr allgemein, dass Tod immer erschütternd sei und das Leben aus den Fugen geraten lasse. Ich erläutere noch einiges mehr zum Thema Erschütterung und Großmütter und habe keine Ahnung, was genau. Ich rede, um zu reden. Sen gähnt. Wir finden nicht zueinander. Und dann ist es plötzlich da, dieses Schweigen. Zwischen ihr und mir. Jedes Mal in Windeseile diese Angst. Einander zu verlieren. Zu verlassen. Wir versuchen zu reden. Und atmen tief und holen Luft. Was meinst du. Und du. Jede Nähe der letzten zwei Tage und Nächte wie weggeblasen. Feindselige Blicke. Ich versuche, mich zu erinnern, was sie vor einer Minute gesagt hat. Die Beklemmung nimmt die Fähigkeit weg, den Gedanken und Worten der anderen zu folgen. Wer geht zuerst. Und kommt nicht zurück. Müssen wir da immer wieder durch. Mein Kopf brummt. Von den Schultern her. Diese momentane Kälte. Da sitzen wir, haben unsere Angst gesehen.

„Wer ist eigentlich dieser Ron oder Roni, von dessen Tochter du erzählt hast?"

„Ein jüdischer Kindheitsfreund, der dann fliehen musste."

„Vor ihr?"

„Wie bist du denn drauf?", fahre ich sie an.

„Ich nehme an, die leitende Stellung deines Großvaters in einem rüstungsnahen Betrieb hat einen jüdischen Freund auch seiner Frau verunmöglicht." Sie wickelt sich die Hosenbeinleuchtbänder um die Schienbeine und setzt ihren Fahrradhelm auf.

„Sein Name war nicht Ron. Auch nicht Roni." Endlich erzähle ich Sen, was ich in der Krankenhauscafeteria erfahren habe.

„Deshalb bist du so passiv", sagt Sen.

„P-a-s-i-f auf Türkisch", buchstabiere ich und sage: „Ich weiß noch nicht, ob ich bei der Frühschoppenaktion dabei sein will."

Als sich unsere Wege trennen, jede will lieber bei sich zu Hause schlafen, sacken meine Schultern langsam da hin, wo sie sein sollen. Und jetzt?, scheint mein Zimmer zu fragen, und jetzt? Es schlägt mein Übungsbuch Türkisch auf. Vokabeln, wie Stift, mit, danke, laufen, Fortbildung, Großmutter, meine, gute Nacht und pass auf dich auf, beherrsche ich, Präsens und einfache Vergangenheit. Schwierige Vergangenheit noch nicht. Und Zukunft.

Katliam – Massenmord, nazizm – Nazismus, arileştirmek – arisieren. Ben beginnt mit der neuen Sprache noch einmal von vorn.

Am nächsten Vormittag rufe ich den Profesör an: „Erinnerst du dich, wie du meine Großmutter beschrieben hast am Telefon? Frau S., wie Siegfried. Oder Sahne. Oder SS. Krema – Sahne, fail – Täter_in, frisch gelernte Wörter, Profesör. Frühschoppen – sabahleyin içilen bira, wörtlich ungefähr Bier, das am Morgen getrunken wird, Morgenbier, Saufen jedenfalls, Täterväter und Müttermütter, Anneanne."

Der Profesör will etwas sagen, aber ich komme ihm zuvor: „Anne Frank habe ich beweint früher, wie alle anderen in meiner Klasse auch, und die Weiße Rose, gab es auch eine Schwarze Rose, Bücher über Widerstand weitergereicht und getauscht, am Schicksal von Partisan_innen Anteil genommen, mitgelebt, mitgelitten, so weit, so richtig, aber es sollte doch irgendwann weitergehen, von der jugendlichen Empathie zum Blick auf die Strukturen, auf das eigene Erbe, aber bis vor Kurzem wurde alles eingemeindet in mein Wiener antifaschistisches Wir, diesmal war nicht meine Familie schuld an der Eingemeindung, sondern Ben, Ben hat die eigene Familie fein säuberlich ausgenommen, die Namen Mebis und Dorn vergangenheitslos gedacht, ab wann war Dorn da, mein Vater, er ist ein revizyonist, nur so weit ging mein Interesse – ilgi, praktisch, alles kleingeschrieben auf Türkisch, wieso hat meine Großmutter Ron Ron genannt, vielleicht wollte sie dem von den Nazibehörden zwangsverordneten zweiten Vornamen Israel etwas entgegensetzen, einen freundschaftlich besetzten Namen, einen Spitznamen, Ron, Roni, könnte das sein, was könnte sein, all das will ich fragen, was will ich eigentlich sagen, ach Profesör, ich imaginiere meine Großmutter immer wieder als Gute, so schnell kann ich gar nicht dagegen andenken."

„Willkommen in der Mitte der österreichischen Gesellschaft. Du bist ja nicht zu bremsen."

„Du lachst, Profesör."

„Ja, ich lache. Und du solltest auch lachen, Enkelin. Oder willst du dir leidtun? Weil du so arm bist und offenbar von Nazis abstammst? Womöglich deine Kindheit und Jugend lang, vielleicht noch immer von welchen umzingelt bist. Familiär. Und auch sonst in diesem Land. Beim Morgenbier zum Beispiel. Du willst doch nicht im Ernst bemitleidet werden. Oder. Also lache ich."

„Einverstanden."

„Also tatsächlich beste Freundin mit Eva Braun, deine Oma."

Ich muss lachen.

„Also, geht doch."

„Na dann", sage ich, „Anneanne auf dem Obersalzberg."

„Wer ist Anneanne?", fragt der Profesör.

„Heißt Großmutter mütterlicherseits. Mutter der Mutter, Anneanne."

„Ein hebräischer Name, Anne, aber wirkt deutsch, bisschen ambivalent, aber geht schon", sagt er.

„Anneanne auf dem Obersalzberg", beginne ich noch einmal, „Eva Braun besuchen. Anfang der 1940er-Jahre. Eine Freundin aus der gemeinsamen Frauenarbeitsdienst-Zeit. Oder so. Meinst du das in etwa, Profesör?"

„Ungefähr. Hätte doch sein können. Kann ja nicht immer niemand gewesen sein."

„Wunderbare Sicht über Hügelketten. Eva braucht Gesellschaft, Eva Braun. Nur Angestellte, Gestapo und SS um sich herum. Jetzt ist Anneanne dort, Evas gute Freundin, und fragt: Wie geht es dir, liebe Eva. Was hast du erlebt, wie verbringst du deine Zeit. Jetzt wohnst du also auf dem Obersalzberg und liebst Hitler. Was soll man machen, lacht Eva und fragt zurück: Und du."

Ich will sichergehen, dass der Profesör noch dran ist. Ist er und sagt: „Ich habe Kinder, vier, bis jetzt, antwortet Anneanne, und blond. Wie die Orgelpfeifen."

„Nächstes Mal bringst du deine Kinder aber mit. Sagt Eva. Alle vier. Und wie die hier herumtoben können. Die Füße in die kalten Bäche halten. Natur zum Greifen. Unser Land so schön."

Profesör lacht. Ich auch. Er fragt, wie es weitergeht.

Ich huste erst einmal und huste, falsch geschluckt, und fahre fort: „Der Nachmittag vergeht. Anneanne fühlt sich nicht ganz wohl, so viel SS, aber doch ziemlich. Die Köchin kocht deutsche Kost. Die schmeckt gut. Der Abend ist bald um, nichts los auf dem Obersalzberg. Nirgendwo gab es so gutes Essen in diesen Jahren. Ein Glühwein noch und eine heiße Schokolade im Stehen in der Küche. Hier ist dein Zimmer und hier meins. Sagt Eva. Die Freundinnen umarmen sich und wünschen einander eine gute Nacht. Anneanne liegt wach, Stunde um Stunde. Sie hätte gerne eine weitere Tasse heiße Schokolade. Endlich kündigt sich über den Gipfeln ein fahler Morgen an. Noch 34 Minuten, 33, 32 und so weiter. Jetzt. Die Köchin eilt mit einem Frühstückstablett ins Zentrum der Macht hinein. Und Anneanne hinterher mit ihrem Kissen in der Hand. Er schaut auf. Erstaunt. So früh. Besuch. Noch nicht mal hell. Er macht sich größer, als er ist, und fragt, wer sind Sie überhaupt.

Einmal wollte ich Sie leibhaftig sehen, sagt Anneanne, Hitler hei, ich grüße Sie."

„Hei, ich bin nicht Hitler."

„Macht nichts."

„Wie, macht nichts?", beschwert sich der Profesör.

„Die Köchin nutzt das Begrüßungs-Hin und -Her und legt dem Überraschten von hinten eine Schlinge um den Hals, so oft geübt, und zieht fest an. Anneanne drückt ihm ihr Kissen auf den Mund. So ist kein Laut zu hören. Er zappelt, schlägt um sich. Die beiden Frauen konzentriert. Es dauert kurz, es kostet Kraft. Jetzt wird er schlapp. Dann ist er tot. Den Strick über den Deckenbalken ziehen, einen Stuhl umwerfen, sieht aus wie Selbstmord, und zurück auf Start."

„Das ist der Falsche, flüstert die Köchin."

„Ich weiß, sagt Anneanne, aber hätten wir mit diesem Stellvertreter, oder was er ist, etwa frühstücken sollen. Immerhin war er im Zentrum der Macht und irgendwo muss ein Anfang gemacht werden."

Der Profesör seufzt. „Knapp. Vorbei. Und jetzt?"

„Ben heult nicht", sage ich.

„Ich auch nicht", sagt der Profesör, „aber wer ist Ben?"

„Ich."

Der Profesör seufzt noch einmal, aber nur leise. „Und jetzt?"

„Keine Ahnung. Mich betrinken. Oder schlafen. Oder –"

Leitung unterbrochen. Ich wähle noch einmal seine Nummer. Keine Verbindung möglich. Dann Profesörs Nachricht, dass sein Akku leer sei und er rausmüsse an die Luft. Nach diesem Telefontrip mit mir.

Ich rufe meinen Vater an, nur die Mailbox. Vielleicht sollte ich Grüße von Ben ausrichten, aber ich spreche nichts drauf und wünschte, Vater hätte meine Nummer nicht eingespeichert. Ich will nicht, dass er zurückruft. In irgendeinem Moment, den ich nicht selber aussuche. Er soll nicht wissen, dass ich angerufen habe. Nummer unterdrücken wäre ein Leichtes gewesen. Zu spät. Wieso auch rufe ich ihn nach Monaten plötzlich an. Wir teilen nichts mehr. Außer Erinnerungen und den Nachnamen.

Ich will und will nicht nachdenken über meinen Widerstandstrip mit dem Profesör, schiebe alles weg, es ist zu monströs. Anneanne, lass Ben in Ruhe. Namenswechsel machen auch nichts ungeschehen. Sogar in dem Punkt bin ich ihr ähnlich, gebe ständig Leuten neue Spitznamen, alle in unserer Familie haben welche und ich auch, Pippa, ich gehe nie in Drogeriemärkte.

Vater wollte mich sogar offiziell Pippa nennen, aber Mutter war dagegen. Nach ihrer Mutter sollte ich heißen. Dann hat doch er sich durchgesetzt abseits von Geburtenbüchern und seither heiße ich, wie ich heiße, P-i-p-p-a. Wenigstens mit P und nicht mit B. Mindestens hundert Mal habe ich seine Version meiner Namensgebung schon gehört, immer gleich, immer der Lacher zum selben Zeitpunkt, Philippa klingt wie Flipper, und dann singt er die Melodie des beliebten Fernsehdelfins, zum Im-Boden-Versinken. So alt kann ich gar nicht werden, dass ich gelassen über den väterlichen Peinlichkeiten stehe.

Ich halte mich fest an dem, was ist: kein Laut in der Wohnung, nur draußen das stete Wummern des Großstadtverkehrs. Die Zimmer gehen auf die Straße, es gibt viel Licht, die Wände weiß, unsortierte Möbel, von allem etwas, wenig bequeme Sitzgelegenheiten, worüber sich gerade meine Großmutter bei ihren Wienbesuchen beschwert und was sie mit „Schick, aber hochgradig altenfeindlich" kommentiert hat, unendlich viele Gewürze über dem Herd, Tauben im Hof, eine Altbauwohnung, erstaunlich ist, wie wenig wir voneinander hören beim Sex, zwischen den beiden Zimmern nur die großen Flügeltüren. Knarrender Boden.

Es läutet an der Wohnungstür. Ich öffne. Irgendwo habe ich diese Frau schon einmal gesehen.

„Sind Sie Philippa Dorn?"

„Pippa, ja, Dorn. Wie Horn."

„Ihre Großmutter schickt mich."

„Das ist nicht möglich, aber kommen Sie doch herein."

Mir fällt ein, wer sie ist, eine der Krankenschwestern von Zimmer Nummer 9. Ich biete ihr etwas zu trinken an.

„Meine Großmutter ist tot. Woher haben Sie meine Adresse? Wie kommen Sie nach Wien?"

„Dieses Paket war im Schrank Ihrer Großmutter im Krankenhaus, an Sie adressiert. Ich hätte es natürlich schicken können. Aber ich mache sowieso gerade Urlaub in Wien. So eine schöne Stadt und –"

„Aber ich war doch selber dort, im Krankenhaus auf Zimmer Nummer 9."

Die Schwester trinkt fünf Gläser Saft und redet mich auf meinem Stuhl fest. Dann ist sie endlich weg.

Ich habe Angst, das Paket zu öffnen. Langsam löse ich die aufwendigen Knoten, ohne auf die Idee zu kommen, eine Schere zu holen. Nur nichts kaputtmachen. Schicht für Schicht packe ich aus, immer noch mehr braunes Packpapier, und dann halte ich in den Händen: Philippa Mebis' feste Schuhe, einen Hut, uralt, ihren Mantel. Ich suche den Karton ab nach einem Brief, einer Erklärung für diese Secondhand-Überraschung. Nichts. Wie auch. Sie konnte nicht mehr schreiben. Wer hat das für sie, genauer, für mich eingepackt. Und warum. Und wann.

‚Lass mich gehen, das ist doch albern. Bitte.'

Sie wollte gehen. In Hut und Mantel. Hinausgehen aus diesem Krankenzimmer. Sie dachte, ich sei eine Verbündete, ließe sie gehen, hülfe ihr womöglich, die festen Schuhe anzuziehen. Aber ich habe sie nicht aufstehen lassen. Hatte Angst, sie würde fallen, habe sie gezwungen, im Bett zu bleiben, Patientin auf der Wartebank zum Tod. Im Nachthemd, das eigentlich keines ist, sondern ein stoffiges Etwas, nach einer Seite hin offen. In dem ist sie gestorben. Unwürdig. Jetzt sind ihre Klamotten hier bei mir. Gelandet. Ein Paket voller Vorwurf. Hohn. Ich werde ihn nie tragen, diesen Hut. Und der Mantel ist viel zu schwer. Die Schuhe wären möglich. Typ Wanderschuhe, Schnürstiefel. Dieses Paket hätte ein Vermögen gekostet. Per Post. Frau Krankenschwester hat geschleppt. Fünf Gläser Saft. Ein Hut, ein Stock, ein Regenschirm und vorwärts rückwärts seitwärts halt – fast rappe ich den Kindervers und gehe das Muster des alten Spiels dazu. Stattdessen ziehe ich alles an, fange auf der Stelle an zu schwitzen. Insgesamt ein miserables Gefühl.

Ich schalte den Computer ein und gebe die Namen meiner Großeltern ein. Mütterlicherseits. Suchmaschine. Nichts. Väterlicherseits. Nichts. Schalte wieder aus. Hätte mich auch gewundert. Ist ja nicht, kann ja nicht. Wie sollte denn. Ich wüsste doch. Wenn, dann. Vor Anspannung ist mir ein bisschen schlecht. Ich schiebe es auf den Wetterumschwung. Föhn Ende Februar. Fast möchte ich dem Computer danken. Oder der Suchmaschine. Hinspenden. Für nicht erhaltene Information, für null Ergebnisse. Für alles, wie es war und bleiben wird. Ich kritzle Vierecke auf ein Papier, zeichne Kreise in die so entstandenen Balken, fette die Kreise nach, rahme Teile des Musters ein, ziehe Parallellinien, wehre mich gegen die Symmetrie, durchkreuze sie, fange an einer noch leeren Ecke des Blattes neu an. Zwanzig Minuten vergehen so. Ich gehe ins Bett und schlafe nicht. Weil ich nicht müde bin. Mitte dreißig bin ich und weiß nicht mehr, was ich bisher gemacht habe in meinem Leben. Diken – Dorn. Torun – Enkel_in.

An der Wand gegenüber von meinem Schreibtisch hängt ein Foto meiner Mutter als Kind und eines, auf dem sie keine Haare mehr hat. Anneanne war da für meine Mutter. Und mich. In dieser Zeit. Wir hatten diese Art Vertrautheit, die durch eine übersprungene Generation genug Abstand bietet, die nicht von

Kränkungen verstellt ist und von nicht eingelösten Versprechen. Wir waren wie Freundinnen, trotz der vielen Jahre zwischen uns. Sie war meine Familie. Anders als alle anderen Verwandten, anders als meine Eltern. Sie und ich gegen den Rest der Welt. Und immer haben wir beide es gehört, nur wir, das Lachen in der Luft. Ich war Philippa Nummer zwei, und stolz darauf, wie mühelos sie sich in meinem zwei Generationen jüngeren Umfeld bewegte. Was hat Roni ihr geschrieben. Pardon, Roni, dass ich Roni sage oder Ron, aber ich weiß den richtigen Namen nicht. Wie heißt deine Tochter, ich frage sonst immer nach Namen, sie habe ich nicht gefragt. Erst jetzt fällt mir das auf.

Eine Mail an den Profesör will und will sich nicht schreiben lassen, ich lösche den Versuch wieder. Fühle mich wie auf zwei Fließbändern, die nicht anhalten, es gibt keine Notbremse, keinen Halteknopf wie auf jeder stinknormalen Rolltreppe, nichts, die Bänder laufen und laufen weiter, scheinen einander zu überholen und schieben meine Füße und Gedanken einen vor den anderen.

‚Die Kirschenkinder waren rot.' Einen riesigen Korb Kirschen hat Oma gepflückt vom Kirschbaum, dem Prachtstück im bescheidenen Garten hinter dem Haus. Es war Krieg. Die Kirschen jede einzelne ein Juwel. Durch das Fenster sieht sie plötzlich im Garten Kinder, zwei, nicht ihre, den Kirschenkorb schon in Händen. Na wartet, ruft Oma hinaus und spurtet durch den Vorraum, Schuhe an, Haustür auf, da liegen sie, blutrot die beiden Kinder. Oma schreit, läuft zurück ins Haus, Tücher und Verbandszeug holen. Eilt wieder hinaus, da sind sie weg. Und der Korb auch. Kiloweise Kirschen. Alle. Weg. Die sauberen Steinplatten auf dem kurzen Weg vom Haus zur Straße übersät mit Flecken. Blutroter Kirschsaft.

Wer weiß, ob im Garten der Familie Mebis Kirschen wuchsen. Damals. Familienerzählungen. Erinnerungen. Ohne jedes Drumherum. Alle haben diese Geschichte erzählt, meine Mutter, meine Onkel und Tanten, mein Großvater. Ich, selber Kind, wollte immer wieder von diesen Kindern hören. Und den Kirschen. Dem Krieg. Einem großen Schreck und guten Trick.

„Ich komme nicht weiter", sagt Dost über den Küchentisch, auf dem halbvoll beschriebene Blätter liegen. Seit ich das Wort dost gelernt habe, nenne ich meine Mitbewohnerin so. Dost – Freund_in – ist einverstanden. Sie hält mir mit der linken Hand ausgiebig gesalzene Gurkenscheiben hin, mit der rechten schiebt sie die losen Seiten herum und sucht einen passenden Rhythmus, unsere Küche ihr Improvisationsfeld, das Rappen ihre Profession:

„entschuldigung das ist meins
pardon
jetzt hab ich keins
es ist nie genug
gepäck für alle da ...

Ich bleibe immer stecken heute."
Ich wippe im Takt weiter, geübte Mitbewohnerin, und fuchtle mit einem Kugelschreiber vor Dost herum, die prompt fortsetzt:

„verdammt
finger weg von meinem gepäck
bitte danke auf wiedersehen
mein papier ist nicht dein papier
meins ist von hier
deins vielleicht nicht
du wicht

könnt ja jede sich eins schreiben
name familienstand adresse beruf ausstellungsdatum
warum
du keins hast
ist mir egal
ich zahl
auch meinen preis
glaubenskrieg ist wie wurstbrot oder leberkässemmel
wer nicht isst kommt in den hemmel
himmel
hemmel
oh gott
oh allah
nicht streiten –"

Sie winkt ab: „Das führt zu nichts."

Wir essen den Rest der Gurke auf. Sie eine Scheibe, ich eine Scheibe, sie eine, ich eine, jede einzelne Scheibe gesalzen von ihr, gepfeffert von mir, und zum Ende der Gurke hin werden die Scheiben immer dünner, aber jede Gurke ist einmal aufgegessen.

„Ich hätte aber noch etwas zum Tod deiner Großmutter und der zu erwartenden Trauerfeier in der Kirche:

ruhe liegt über dem land
nur in kirchen und an christenwänden setzt ein leises knarren ein
die kreuze werfen jesus ab
lang genug schon da gehangen
junge männer mit großen ideen im kopf
besessen von ihrem auftrag und immer tun was papi sagt
die kreuze tanzen an den nägeln
so viele junge männer unterwegs

als obs nicht schon genügend gäbe
sie rufen nach ihrer mutter
sie fürchten ihren vater
sie träumen von zwölf kumpels
und verschwinden in der masse
dann ist es wieder still
ganz still
und das tut gut, amen.

Auf deine Oma, das alte Haus, ich werde nie vergessen, wie sie nächtens, als ich spät von der Probe kam, hier in unserer Küche saß, Kopfhörer auf den Ohren, und zufrieden ihre Kekse gemampft hat."

Wir blödeln den Rest der dunklen Nacht und als es hell wird, putzen wir uns um die Wette die Zähne, sie gewinnt, weil mir Sani-Dorn in die Quere kommt. Bei meinen Großeltern im Bad gab es immer diese Pröbchen, die ich geliebt habe als Kind. Tropfen, Pulver und Pasten, um alles rein zu halten. Und Bürsten, kleine, große, Wischlappen jeder Ausführung, für Fliesen, für Armaturen, den Boden, die Duschkabinenwände, gegen Kalkansatz, und immer alles blaugrün gehalten. Ich wollte gar nicht weg aus dem großelterlichen Bad. Alle Schaumsorten mussten auf verschiedenen Scheuerschwämmen getestet werden. Jeder Wischlappen einzeln angewendet. Keinem Kind der Welt wäre dort eingefallen herumzumatschen. Niemand kam auf die Idee, in diesem Bad etwas anderes zu wollen als noch mehr ultimativen Glanz und klares Wasser. Kaltes klares Wasser. Nicht zimperlich sein. Zähne zusammenbeißen. Eiskalt duschen vor dem Schlafengehen, das mache ich heute noch. Aber es muss Zufall sein. Viele Leute duschen kalt und halten ihre Bäder rein von allem. Meine Familie hatte nichts mit Sani-Dorn zu tun, nie gehört, ich wüsste doch, wenn. Waren einfach Großeltern, die beiden, mit ihrem sauberen Bad. Sind in den Zoo gegangen mit uns Kindern. Geschenke gab es für meinen Bruder und mich. Sommerferien jedes Jahr bei Oma und Opa Mebis. Nicht mehr und nicht weniger. Und mit Österreich hatte die Familie nie zu tun. Nur ein Ferienhaus. Aber nach 1945. Muss ja nicht immer alles kritisch überdacht werden. Sondern war so. Damals. Ewig her. Wenn meine eigenen Eltern solche sind. Nazis. Also waren, gewesen wären, das wäre etwas anderes. Als was genau. So oder so genug eiskalt geduscht im Leben.

Ron liest auf einem Kriegsschiff der Mannschaft laut Briefe vor. Plötzlich hört er mitten im Satz auf, geht rückwärts. Alles geht rückwärts. Ron nicht mehr da. Nur ich. Auch sonst niemand auf dem Kriegsschiff, das aussieht wie Anneannes Wohnzimmer. Lange Zeit vergeht. Alles kann der Grund sein für die plötzliche Abwesenheit von Ron. Ich bleibe sitzen, wo ich bin, auf dem Stuhl am großen Esstisch, zwei Tassen auf Untertassen, eine Teekanne, Zuckerdose, Milchpackung, Kekse. Und Briefe. Das Ganze an Deck. Ron, rufe ich, Roni. Keine Antwort. Ich gieße mir Tee nach, zuckere, rühre um und springe dann doch auf. Laufe in den Maschinenraum, leer leer leer, um ein Haar fällt mir die Tür zu, gerade noch kann ich sie mit dem Fuß davon abhalten, ins Schloss zu fallen. Auf der Eisentür mein öliger Schuhabdruck. Zögernd gehe ich die kurze Treppe hinauf in den Steuerraum, zwei Türen. Ron, frage ich, öffne die erste Tür, leer, die zweite Tür, leer. Ich renne die weiteren Stufen hinauf in den Kapitänsbereich, finde aber keine Tür. Nur Salat und Milch. Kein Geräusch, kein Atmen, kein unterdrücktes Fluchen, keine WC-Spülung, nichts. Nur das Meer rundherum. Willkommen Roni. Nach vier

Tagen und Nächten springe ich ins Wasser. Dort schwimmen die kardeş – Geschwister. Mit orn davon. Sein r hat das o übersprungen. Ich suche das D. Wache auf. Übrig bleibt das Gefühl, in ein Becken ohne Wasser gesprungen zu sein. Kopf auf Stein.

Der nächste Tag, ein langer Arbeitstag dort, wo ich mein regelmäßigstes Geld verdiene. Es tut gut, Alltag zu haben. Langsam wieder ankommen in meiner Stadt. Ins Kino möchte ich auch. So lange her. Plötzlich alles auf einmal. Zu Hause per Post die Nachricht, dass es eine Urnenbeisetzung geben wird, kein Begräbnis mit Sarg. Die aktuellste Familieninformation. Neue Bilder im Kopf. Wie schaut eine Urne aus. Ist wirklich etwas drin. Wie geht sie zu. Mir fallen nur Schraubverschlüsse ein. Aber wer weiß. Vielleicht ein Korken. Oder zugeschweißt. Wird auf eine Urne auch Erde geschaufelt. Ich werde allein reisen. Es wird in der Familie nur noch mich mit meinem Vornamen geben und den Rausch des Alleinseins.

Es klopft. „Möchtest du mitessen", fragt Dost. Mein Zimmer muss grinsen, klar isst sie mit, wie immer, wieso nicht. Es schmeckt gut. Es schmeckt fast immer gut. Ob Zimmer von anderen Leuten auch grinsen, wenn sich ihre Bewohner_innen wichtigmachen.

Abends Treffen beim Profesör. „Du musst auf meinen Blog gehen", beschwört er mich vielsagend, „später, zu Hause." Er weiß nicht, dass ich gezweifelt habe, überhaupt weiter bei der Aktion in Niederösterreich und ihrer Planung dabei zu sein. Jetzt bin ich hier und beschließe, das nicht weiter infrage zu stellen. Die anderen tröpfeln ein. Wo waren wir stehen geblieben. Bei der Verkleidung für das ‚Braune Treffen' im Elternhaus der Geschwister. Wir präsentieren einander unsere Funde aus

Secondhandläden und von Flohmärkten, Dirndl, Janker, Federboas, ein Wollkostüm und kurze Lederhosen. Alle probieren alles an, unsere Pläne werden ausgefeilt, es wird konkret, am liebsten würden wir grölen, Fußballparolen ... jetzt gehts los ... wir sind nicht zu bremsen. Nur die Geschwister. Sehen einander an. Er läuft hinaus, sie hinterher. Irgendwann kommen sie zurück, in eine undefinierbare Stimmung hinein, die wir anderen produziert haben, verunsichert durch den plötzlichen Abgang der beiden, aufgedreht durch die Verkleiderei, angestrengt durch das Ringen um Genauigkeit im Flugblattinhalt.

„Wo wart ihr?", fragt Dost scharf.

„Frische Luft schnappen", sagt er, „mein Problem mit unserem Vater ist nicht, dass er den Verdiensten seines und anderer SS-Väter huldigt."

„Sondern?" Dost lässt nicht locker.

Unser Freund sagt nichts mehr. Aber seine Schwester: „Vater ist ein Monument, ein Haufen Gewalt, ein Arschloch."

„Das hatte ich angenommen." Niemand stoppt Dost.

„Eine antifaschistische Politaktion ist etwas anderes, als im Haus eines Zucht- und Ordnungsfanatikers aufzuwachsen, für den die NS-Reinheits- und Sexualitätsgebote und Geschlechterbilder ewige Wahrheit sind. Oder, in anderen Worten, seine Popkultur."

„Ein Grund mehr, ihm und seinen Freund_innen beim Frühschoppen den Kren unter der Wurst wegzuessen und die Marmelade vom Brot. Wir könnten seine ‚Popsongs' neu untertiteln", sagt Dost. Sie ist in ihrem Element. Um zu verhindern, dass sie spontan anfängt, ‚Untertitel' zu rappen, ungeachtet der Tatsache, dass den Geschwistern vermutlich schon die Originalversion reicht, bedauere ich, dass wir das letzte Familienfest bei meinen

Großeltern verpasst haben, will witzig sein: „Wir hätten eine Störaktion-Tournee machen können, aber sie sind jetzt beide tot, außerdem waren sie nicht bei der SS." Ich lache als Einzige über meine unkomische Bemerkung, die nirgendwo hinführt, außer zu einem Gefühl der Erleichterung, dass es hier bei unserer Aktion um eine ganz andere Familie geht. Aber diese Erleichterung teile ich nicht mit. Wir teilen, je länger der Abend dauert, desto weniger. Alles wird immer unklarer. Irgendwann gehen alle ihrer Wege.

Es ist spät, als ich nach Hause komme. Als ich mein Fahrrad vor der Haustür abschließe, eine Textnachricht von Sen, die sich in nichts auf das Treffen bezieht, aber mein Herz hüpfen macht.

Die Wohnungstür klemmt. Genauer, das Schloss. Ich drehe ein paarmal den Schlüssel, ziehe die Tür zu mir, alles etwas ungeduldig. Dieses blöde Schloss. Endlich. Stelle mein Zeug in den Flur, lege den Schlüssel auf die Fensterbank und gehe in die Küche, Tür auf, Anneanne. Das kann nicht sein. Um Logik hat sie sich niemals geschert. Sie sitzt da, als sei es das Selbstverständlichste in dieser späten Nacht. Nur sie. Allein in der Küche.

Ich habe mich aus dem Kühlschrank bedient, sagt sie, ich hoffe, das ist erlaubt.

Ja. Was soll ich sagen außer Ja.

Ein Holzbrettchen steht da vor ihr, auf dem Tisch, ein Stück Brot mit Butter, Marmelade. Eine Thermoskanne, die ich nicht kenne. Anneanne reist stets mit ihrer Teeration. Die Kanne muss ihre sein.

Du kommst früher, als ich dachte, sagt sie, das ist schön.

Ja. Was soll ich sagen außer Ja.

Sie ist in ihrem Element. Endlich wieder etwas erleben. Tot sein ist fad. Dunkel. Endlos.

Ich möchte mit dir besprechen, was du sagen wirst auf meiner Beisetzung, murmelt sie, während sie sich ein weiteres Marmeladebrot schmiert.

Du kannst nicht mitreden, tot aus vorbei.

Ich meine es ernst. Schaue meiner Großmutter in die Augen. Sie sagt tatsächlich nichts mehr. Erst nach einer längeren Weile.

Ich möchte, dass du über meine Arbeit sprichst. Bei der Verabschiedungszeremonie. Über die Frauenprojekte, die Protagonistinnen. Du weißt, wie sie heißen. Und über das, was wir erreicht haben. Und wie es weitergeht. Die Familie muss das wissen und die Frauen, die von überall her anreisen werden, auch.

Wie geht es weiter, frage ich.

Sie wirkt vergnügt. Die Länderberichte über die Erfolge von Kleinstunternehmensgründerinnen weltweit müssen der UN vorgelegt, entsprechend weiterführende Forderungen formuliert und eingebracht werden. Die Diskussion über die Erweiterung des Familienbegriffs um andere Lebensformen muss in die Landesverbände getragen werden. Die Ausrufung eines neuen Jahres gegen Gewalt an Frauen und Kindern ist in Vorbereitung. Die Gremien brauchen auch von unserer Seite eine Erklärung dazu. Ich bin sicher, du findest einen Weg, die Arbeit fortzusetzen. In meinem Sinn. Ich verlasse mich auf dich. Hör zu.

Nein, ich höre nicht zu. Ich habe Angst, wenn du in meiner Küche sitzt. Du kannst nicht einfach hereinkommen. Dein Leben ist vorbei. Und deine Arbeit. Ich werde sie nicht fortführen, du Tagungskämpferin, ich werde nicht durch diese Gremien gehen, die ich niemals als meinen Ort der Auseinandersetzung sehen kann. Bitte, Anneanne, lass mich jetzt allein. Ich flehe sie an.

Sie steht auf, die alte Frau mit den weißen Haaren, und leert das Marmeladeglas auf den Tisch. Sie bröselt das Brot hinterher und formt kleine Bällchen aus dem Marmelade-Brösel-Matsch. Dann geht sie zum Regal mit den Töpfen, langt mit ausgestrecktem Arm hinein, schiebt alles über den Rand.

Ich stehe wie angewurzelt. Ich wehre mich nicht. Ich greife nicht ein. Als sie aus der Besteckschublade einen Kuchenheber nimmt und die Marmeladebrotbällchen damit durch die Küche schnalzt. Ein Kloß bleibt am Fenster kleben.

Der Schlüssel in der Wohnungstür, endlich. Dost kommt herein.

Was ist hier los. Pippa.

Meine Großmutter schießt ein Brotbällchen nach Dost und schimpft dabei. Lasst mich in Ruhe mit eurem NS-Gerede. Beschäftigt euch mit dem Hier und Jetzt. Verdammt nochmal.

Dost läuft wortlos hinaus, die Wohnungstür fällt zu. Der Brotmatsch rutscht von der Scheibe und hinterlässt eine klebrige Spur.

Anneanne schnaubt weiter. Sind ja Nummern gewesen, die Arbeiterinnen und Arbeiter in der Fabrik deines Großvaters, Pippa. In der Zeit. Schlimme Zeiten. Aber sie wussten seinen Namen noch nach dem Krieg. Was für ein Glück. Er war kein Sadist. Nur ein Herr über Reifen und Nummern. Mariola, Klara und andere haben für ihn ausgesagt. Jedenfalls nicht gegen ihn. Er hat keine Gräuel begangen. Er hat für zusätzliche Nahrung gesorgt, hat sich ganz oben über einen sadistischen SS-Aufseher beschwert. Er war keiner von den Schlimmen. Er wurde mit diesen Zeugnissen der ehemaligen Zwangsarbeiterinnen problemlos entnazifiziert, wie das damals hieß. Er hat sie ausgesucht, angefordert aus dem Konzentrationslager und damit gerettet vor dem sicheren Tod. Wer in seinem Werk arbeiten konnte, war vergleichsweise geschützt. Also. Ein Schindler war der Opa. Ja.

Nie sonst hat sie mir gegenüber von ihm als Opa gesprochen.

Zwei harte Jahre als Hilfsarbeiter, fährt sie fort, dann eine neue Stelle als Ingenieur, in seiner alten Firma. Ein Glück für uns alle. Auch für dich. Oder woher, denkst du, kommt der materielle Hintergrund, auf dem du stehst. Gut stehst. Das war Opa.

Dann macht sie eine längere Pause.

Wenn du nicht erzählst von mir auf der Beisetzung, werden es andere tun: Schuleltern-, dann Landeselternvorsitzende, Aktivistin in bürgerlichen Frauengruppen, die 50er-Jahre, es geht weiter, Präsidentin des Deutschen Frauenrings, Vizepräsidentin der International Alliance of Women, Reisen zu Tagungen und Projekten in aller Welt.

Für mich ein Meilenstein, schon als Kind. Die einzige Frau mit einem eigenen Büro. Immer unterwegs. Vortragende, Mitdiskutantin, beweglich in mehreren Sprachen, aktiv und selbstbestimmt im Einsatz für die Rechte von Frauen. Ein Vorbild, ein Ansporn. Ein unauslöschlich kraftvolles Bild.

Filmriss. Ob es Sekunden waren, Minuten, Jahre, mein Zeitgefühl ist weg. Niemand da. Ich bin allein in der Küche. Meine Schultern liegen noch am Boden, der Rest von mir steht langsam auf. Bringt sich in Form. Kaltes Wasser ins Gesicht. Die Knie zittern. Was war. Was ist. Es riecht nicht nach Krankenhaus. Weit und breit kein Aufzug, der Kinder ausspuckt, die staunen. Kein Krankenpfleger, nichts. Etwas trinken, mich einkriegen. Dieses eigenartige Gefühl der Ruhe. Die Knie zittern nicht mehr. Alles klebt. Oder es kommt mir nur so vor.

Am nächsten Morgen beschließe ich, gleich nach der Beisetzung über meine Großeltern zu recherchieren, ihre Orte abzufahren.

‚Nummern' in der Fabrik, ‚ausgesuchte' KZ-Häftlinge. Wieso hat mir das niemand gesagt. Als Kindern wurde meinem Bruder und mir erzählt, dass in der Ebene unterhalb des Ferienhauses, in dem wir unsere Sommer- und Winterferien verbracht haben, ein Konzentrationslager war im Krieg. Und wie schlimm es den Gefangenen dort gegangen ist. Wir Kinder haben nach Spuren des Schlimmen gesucht, sind in den Wäldern herumgestreunt. Unsere ersten Mutproben. In den 1950ern haben meine Großeltern dieses Ferienhaus gekauft, in Österreich. Die Geschichte des Ausblicks haben sie in Kauf genommen. Kein Wort haben sie erzählt davon, dass im Werk in Schlesien, dem mein Großvater von 1942 bis 1945 vorstand, KZ-Häftlinge arbeiten mussten, kein Wort.

Ich gebe die Lebensstationen meiner Großeltern ein. Berlin. Usedom. Frankfurt am Main. Dortmund. Gliwice. Heute Polen. Da war die Fabrik. Von dort ging es 45 auf die Flucht. Das wurde erzählt. Nur das. Überlingen, Frankfurt am Main ... Wer weiß, wie viele Orte fehlen, weil die Erzählungen dazu fehlen. Ich suche trotzdem im Netz nach Zugverbindungen. Von ... nach ... Abfahrtszeit ... Ankunft. Keine Eintragung gefunden. Zielort unklar. Ich gebe immer wieder die Orte ein. Mein Computer spinnt. Ich fahre zum Bahnhof. Kartenschalter Ausland. Mittelviele Leute stehen an, der Bahnbeamte wirkt gelassen routiniert. Die Stimmung in der Schalterhalle ist unspektakulär. Keine Reisezeit. Ich stehe und warte. Vor mir wollen Leute Fahrkarten zurückgeben. Verärgert drehen die drei wenig später ab, ohne Umtausch, abgeprallt an österreichischer Vorschriftsgewohnheit. Ich bin dran.

„Ich möchte von hier nach Berlin fahren, von Berlin nach Usedom, von dort nach –"

„Wo möchten Sie hin?"

„Als Erstes nach Berlin."

„Wo soll das sein?"

„Wie bitte?"

„Berlin. Wie schreibt man das? Welches Land?"

Ich muss lachen und spreche, so deutlich ich kann: „Berlin in Deutschland. Hauptstadt."

Er tippt, ich bin erleichtert, auch verwundert. Hinter mir macht sich Ungeduld breit.

„Berlin gibt es nicht im Computer. B-e-r-l-i-n?"

„Ja. Sagten Sie, das gibt es nicht?"

„Hätten Sie jetzt gern ein Ticket oder nicht?"

„Ich möchte nach Berlin, das kann doch nicht so schwer sein." Ich bemühe mich, freundlich zu bleiben. Meine Großmutter ist dort geboren. Aber wen interessiert das schon.

„Ich sagte Ihnen bereits, dass der Computer diesen Ort nicht kennt. Am besten gehen Sie zur Information. Am anderen Ende der Schalterhalle. Sie halten den Verkehr auf."

Ich spreche die junge Wartende hinter mir in der Reihe an: „Der Herr findet Berlin im Computer nicht."

„Berlin?" Sie schaut mich fragend an.

Wortlos nehme ich meinen Rucksack, die Liste der Orte und steuere die Europakarte in der Schalterhalle an. Mit den Hauptlinien der Bahn. Wien. Prag. Budapest. Salzburg. Alles da. Berlin fehlt. Dortmund auch. Überlingen. Frankfurt am Main. Meine Liste hinunter fehlen die Orte auf der Karte. Frankfurt sollte dort sein, wo Mainz ist, und links von Kassel, und Darmstadt gleich daneben und Aschaffenburg. Das weiß ich sicher. Frankfurt an der Oder ist da, wo es immer ist. Frankfurt am Main fehlt, nicht eingetragen. Nicht einmal die Andeutung einer großen Stadt an Frankfurts Stelle.

Ich muss mich beruhigen. Ich kaufe mir einen Kaffee, schaue herum. Wartende. Reisende. Auf der Anzeigetafel gehen und kommen Züge nach und von überall. Aber keiner fährt nach Berlin oder Frankfurt am Main oder Dortmund. Es muss an meiner Liste liegen. Es muss an mir liegen. Ich rufe Sen an. Tippe zwei Mal auf die falsche Taste. Beim dritten Mal klappt es. „Sen, ich bin's. Ich bin am Bahnhof."

„Fährst du weg?"

„Nach Berlin."

„Ist das Begräbnis in Berlin? – Pippa, weinst du? Pippa? Ben!"

„Ich rufe dich nachher wieder an".

„An welchem Bahnhof bist du?"

„Ich melde mich später." Lege auf, wische mein Handy trocken, verlasse die Bahnhofshalle, fahre ins Stadtzentrum zu einem Reisebuch- und Kartenladen. Der ist nicht sehr voll, ich werde freundlich nach meinem Wunsch gefragt, antworte, ich wolle mich nur umsehen.

Ich finde den Ständer mit Plänen deutscher Städte. Von A bis Z. Aachen. Amsterdam. Muss jemand falsch eingeordnet haben. Von wegen deutsch. Nichts unter B. Düsseldorf. Essen. F ist leer. Hamburg gibt es. Ich bedanke mich freundlich, kann es dann doch nicht lassen: „Einen Berlinplan haben Sie nicht? Oder Frankfurt? Am Main, meine ich."

„Deutschland?"

„Danke, es ist nicht wichtig. Auf Wiedersehen."

„Ich schaue gerne im Computer nach."

„Nicht nötig. Danke." Ich verlasse den Laden, kehre aber noch einmal zurück: „Sagt Ihnen Obersalzberg etwas? Das Zentrum der Macht." Ohne eine Antwort abzuwarten, gehe ich. Zu Fuß. Schiebe mein Rad. Man weiß nie.

Die Wohnung wirkt leer. Ich stelle den Rucksack in mein Zimmer neben den Schreibtisch, möchte nur schlafen, mitten am Vormittag. Stattdessen klopft Dost an die Tür. Doch jemand zu Hause.

„Ich überlege auszuziehen."

Ich schaue sie ungläubig an. Sie nickt und steht im Türrahmen.

„Seit wann, wieso?" Ich habe es geahnt. Aber nicht geglaubt, nicht gewollt. Weggeschoben. Schon länger.

„Als du in Frankfurt warst, hat diese Idee Gestalt angenommen. Ich überlege noch. Bin nicht sicher. Oder doch. Ich weiß es nicht. Vielleicht schon sehr bald."

„Wieso hast du vorletzte Nacht nichts gesagt? Nur gerappt."

„Vielleicht schon nächste Woche."

„Über Jesus und Kreuze und Gepäck. Was? Schon nächste Woche."

Wir kochen uns einen Kaffee. Und noch einen.

„Vielleicht schon bald, Dost? Vielleicht bleibst du aber, oder, du müsstest ja auch erst etwas anderes finden. Zum Wohnen."

„Eher nächste Woche."

„Ich bin nicht meine Großmutter, ich kann nichts dafür. Ich will nicht, dass du ausziehst."

„Das hat doch nichts mit deiner Großmutter zu tun."

Du hast sie mit Marmeladebrot beschossen, du. Mach das wieder gut. Du verklebst mein Leben, schreibst Landkarten um, wirfst mit Kochtöpfen um dich. Stopp. Ihr habt dem Regime gedient, das deinen besten Freund verfolgt hat. Er ist auch vor dir geflohen. Vor seiner letzten Nachricht hast du dich gedrückt, hast sie nicht mehr aufnehmen können. Wieso hast du ihn nicht wenigstens nach 1945 so genannt, wie er geheißen hat. Ich führe nicht dein

Leben weiter. Ich bin nicht du. Ich heiße nur so. Ich habe nicht Pädagogik studiert und wegen Heirat abgebrochen. Ich komme nicht aus Berlin. Opa war mir schon immer egal. Ich habe keine Kinder. Ich fahre nicht in den Ferien nach Österreich, ich lebe hier. Ich kämpfe nicht für Frauenkleinstkredite und Alphabetisierung in Ländern, die du ‚Entwicklungsländer' nennst, und für UN-Deklarationen. Geschlechterkampf in Institutionen löst haltloses Gähnen bei mir aus. Ich nenne die Logik hinter deinen Projekten neokolonial. Ich habe nicht CDU gewählt. Ich sehe Opa nicht als Schindler. Ich wünsche mir keine Predigt zu meiner Beisetzung. Ich will Geschlechter auflösen, die du festschreibst, Hochzeiten feiern, die nichts mit Familie zu tun haben, Kinder kriegen, ohne Mutter zu sein, Geld nicht spenden, sondern zurückgeben, meine Privilegien als weiße EU-Pass-Besitzerin nicht in karitativen Bevormundungen verstecken, ich will ich will ich will mein Leben. Meine acht Buchstaben. Ohne dass du sagst, das sind auch deine. Ohne dass du alles relativierst. Ohne dass jede recht hat. Ich will nicht Philippa heißen. Und nicht Pippa. Nicht mehr. Höchstens Phil. Unerkannt.

Es gäbe so viele geeignete Momente. Zu sagen, was ist. Auch in meiner Familie. Ewiggestrigkeit, Antisemitismus, Homophobie, rassistische Witze, sexualisierte Gewalt, die ganze Palette eben. Die Frühschoppenstöridee steckt an. Wieso nicht auf der Beisetzung Namen nennen. Den Ablauf stören. Nur nicht am Grab mit allen die eigene Unschuld feiern. Mein Vater wäre entrüstet. Wie kannst du nur, bist den Namen deiner Großmutter nicht wert, hast die Familie entehrt, das ist alles verkehrt. Da kann ich nur reimen. Wieso habe ich mich vorher nie beschwert, nicht gewehrt. Ich möchte Dost bei ihrer Arbeit abfangen und bitten, mitzufahren zur Beisetzung meiner Großmutter. Auf dem Weg zum Fahrrad holt die Verstorbene mich ein. Sie findet, alle sollen Erde auf sie werfen dürfen. Sie wünscht auf ihrem sozusagen letzten Familienfest keine Konflikte. Sie findet, diese Dinge seien unter uns Lebenden auszumachen. Der Putz ist längst ab in dieser Familie, aber alle weißeln drüber und sie auch. Die Kinder tragen schon von klein auf Sonnenbrillen. Ich würde das nicht durchstehen.

Welche Philippa sagt das jetzt. Ich bekomme Kopfweh. Zum Zusehen rollt der Schmerz heran. Jetzt bin ich dran. Reimen passt nicht zum Thema. Ich bin von der Rolle und brauche etwas zu essen. Boden unter den Füßen. Ich will alles nicht gewusst haben. Wie sie.

Ich lasse mein Fahrrad Fahrrad sein und gehe zurück in die Wohnung, um zu kochen. Es ist Mittag. Dann fällt mir der Blog vom Profesör ein, ganz vergessen. Ich setze Nudelwasser auf und fahre den Computer hoch. Bleibe in einer offenbar überarbeiteten Version seiner Forschungsskizze hängen, es geht um Ambivalenzen. Ich klicke mich durch seine Linkliste, höre in der Küche das Nudelwasser kochen, finde, fast schon dabei, die Seite zu verlassen, den neuen Eintrag:

<Beste Freundin mit Eva Braun: Anneanne auf dem Obersalzberg. Eva besuchen. Anfang der 1940er-Jahre. Eine Freundin aus der gemeinsamen Frauenarbeitsdienst-Zeit. Wunderbare Sicht über Hügelketten …>

Und so weiter. In etwa unser Telefontrip.

Ich lasse das Nudelwasser sprudeln. Rufe an.

„Hallo!"

„Lösch das."

„Jede sucht nach Held_innen in ihrer Familie. Hallo? Enkelin!"

„Such in deiner eigenen Familie!"

„Mein Blog ist Fiktion."

„Danke für die Info."

„Ich dachte, du freust dich, wenn ich auch öffentlich aus deiner Oma eine Gute mache."

„Du spinnst, Profesör."

„War doch deine Idee."

„Du kapierst nichts."

„Krieg dich ein."

„Ist das Ambivalenz?"

Bevor er mir antworten kann, lege ich auf und koche.

Später kommt Dost nach Hause, mit Freund_innen und noch mehr Essen. Wir reden über dies und das. Soll ich überhaupt hinfahren. Zur Beisetzung. Was meint ihr. Eine meint ja, einer nein, eine will Genaueres wissen. Natürlich fahre ich zur Beisetzung, kommt heraus am Schluss, und das stand auch schon vorher fest. Auf dem Tisch steht noch eine ungeöffnete Dose geschälter Tomaten, die ich nicht verkocht habe.

„chor der konservendosen", sagt Dost unvermittelt,

„wehe ihr tretet auf mich
oder die anderen
damit das klar ist
wir sind konservendosen und sonst nichts
keine zukunft keine müllplatzromantik
nur dosen
überdies leer
wenn ihr auf uns steigt
gehen wir ein
wie eure zukunft

wir sind altmetall
wir stinken
wenn wir leer sind
haben scharfe ränder
nicht so abgeschliffen wie eure
unsere zukunft ist recycelt
als neue dose
eure ist in diesem wien
punktum"

Dost merkt nicht, dass sie mich trifft, immer wieder. Ich beziehe ihre Texte auf mich, obwohl sie nichts mit mir zu tun haben, wie sie schon mehrfach versichert hat. ‚scharfe ränder, nicht so abgeschliffen wie deine' kommt bei mir an und ‚deine zukunft ist in diesem wien, punktum.' Wortlos stehe ich auf und wasche meinen Teller ab.

„Falls sich irgendwer gemeint fühlt, lass das gleich wieder. Purer Zufall. Einfach ein blöder Rap." Sie kann eine wegwischen, ohne es zu merken. Wie einen Brotkrümel vom Tisch oder einen Spritzer aus dem kleinen Milchkännchen.

„Ziehst du aus oder bleibst du?" Die anderen sind mir egal, ich kann die Frage nicht zurückhalten.

„Ein kann ich ja nicht mehr ziehen. Sorry, das sollte witzig sein. Ich will etwas verändern. Einfach nicht diese Gemütlichkeit, so viel Vertrautheit, weit und breit Community. Ich muss mich bewegen und wenn ich mich nicht hier wegbewege, bewege ich mich nicht. Ist das verständlich? Glaub mir, rappen geht leichter."

Ich sage nichts und die anderen auch nicht.

„Kannst du bitte auch etwas sagen. Oder ihr."

Was sollen wir sagen.

Sie geht aus der Küche, überlässt ihre Besucher_innen sich selbst. Ich gehe hinter ihr her, klopfe an ihre Tür. Sie reagiert nicht. Ich klopfe weiter, aber sie bleibt stur. Die Blöße gebe ich mir nicht, einfach hineinzugehen. Womöglich ist abgesperrt. Ich gebe auf. Soll sie ausziehen. Soll sie sich verändern, alles ändern. Soll sie ihre Spoken-Word-Performerinnen-Karriere machen, in coolen Künstler_innenkreisen verkehren, soll sie soll sie doch. Ich bin ihr zu unkünstlerisch, zu spießig, Fortbildungsorganisatorin, die krampfhaft Türkisch lernt und es doch nicht sprechen kann. Ich weiß es, ich werde bei ihren Auftritten im Publikum sitzen und mich wegheulen. Werde gar nicht auf die Texte hören, sondern mir leidtun. Ich habe mich an Dost gewöhnt, der Name passt zu ihr. Vielleicht nenne ich sie fortan Arkadaş, heißt Freund_in, aber nicht so nah wie dost. Aber ich bin auch noch Ben. Also. Nazideutschland und die Geschichte der ‚Ostmark' interessieren nicht alle, sagt sie, Europa in Schutt und Asche, aber viele Leute kennen Europa nur herzeigbar, abgeschottet gegen welche wie sie. Wer aus welchen Wohnungen vertrieben wurde in Wien, von der Gestapo und ihren Handlanger_innen im Dienst an der ‚Herrenmenschen-Sache', ist nicht DAS Thema, sondern nur eines unter vielen. Du hast eine Obsession zum bösen Blick auf Deutschland und Österreich, sagt sie oft, dabei sitzt du ganz oben im Privilegien-Ranking.

Sie muss gerade reden, zukünftig Mag_Dost. Wie kann sie überhaupt ausziehen, so eine günstige Wohnung wie unsere findet sie sicher nicht mehr, nirgends, nie. Und wieso ist sie Teil der Frühschoppenaktion, wenn das alles nicht ihre ‚Obsession' ist.

Zurück in meinem Zimmer. Regen tropft viel zu laut auf die Fensterbank. Eine Fehlkonstruktion. Die winzigen Dächer über den Fenstern sind alle zu kurz. Wenn es regnet, stürzen die Tropfen sich vorn über den Rand der kleinen Dächer und landen auf den Fensterbrettern, anstatt dass sie lautlos auf den Gehsteig hinuntertropfen. Dieses Geräusch gehört zu den Regentagen in meinem Leben, seit ich in dieser Wohnung wohne. Ein paar Stunden nicht an meine Großmutter gedacht. Wien hat mich langsam wieder. Und doch das Gefühl von freiem Fall. In große Stille.

Ich rufe meinen Bruder an. Er meldet sich nie aus Ankara.

„Hier ist Phil."

„Bitte? Pippa? Eine Überraschung. Unerwartet, ja."

„Ich weiß. Wie gehts?"

„Gut und dir?"

„Oma Philippa ist gestorben."

„Ich weiß, danke. Unser Vater hat mich informiert."

„Kommst du zur Beisetzung?"

„Wo wird sie denn sein?"

„Frankfurt."

„Dann komme ich vielleicht."

„Karl, ich –"

„Nenn mich Kemal, ich heiße nicht mehr Karl."

„Ach so."

Stille zwischen uns. Dann wieder ich: „Das K und L hast du beibehalten, die beiden Buchstaben mochtest du als Kind am liebsten, erst das L, als Jugendlicher auch das K. Oder? Den rufenden Klang, die Aufforderung, das Wache eines K. Das a war dir zuwider, weckte Erinnerungen an Angina, Mund weit aufmachen und ‚aaah' sagen, Holzstäbchen drückt die Zunge runter, ewig Kind sein müssen. Und das r, klein und eingequetscht in Karl, stete Mühsal, es zu schreiben, immer ein Hängenbleiben, ein Schlenker, der auch alles andere sein kann, ein v, ein u oder einfach ein Zuviel, nicht einmal ein eigener Buchstabe."

Ich möchte mit ihm über früher reden, aber ich weiß, dass er dafür nicht zur Verfügung steht. Vorbei ist vorbei, findet er. Gegangene Muster unter seinen Füßen verwischt er mit neuen Mustern, links rechts links rechts werden sie immer flüchtiger, die Muster unter KLs Füßen in einer schnellen Stadt wie Ankara, stelle ich mir vor. Keine Zeit, den Fuß bedächtig genau auf eine Linie zu setzen oder zwischen Steinplatten. Auslöser eines Staus der Zu-Fuß-Gehenden zu sein, ist für ihn unerträglich. Von meinem Namen, Phil, möchte ich ihm erzählen. „Ich habe Fotos von Oma", höre ich mich stattdessen sagen, „von meiner Reise mit ihr an ihre geliebte Ostsee vor ein paar Jahren. Bist du noch da? Karl? KL? Kemal?"

„Wieso rufst du mich eigentlich an?", fragt KL Kemal.

„Wieso nicht? Ich habe letztens an unsere Mutproben gedacht, bei den Großeltern im Wald um das Gelände des ehemaligen KZ herum."

„Wird das deine Grabrede?"

„Glaubst du", frage ich nach einer ungemütlichen Pause, „die Möwen unterscheiden, wer an ihrem Meer sitzt?"

„Ankara liegt nicht am Meer."

„Ich weiß."

Irgendwie endet unser Telefonat. Er bedankt sich für meinen Anruf. „Vielleicht sehen wir uns auf der Beisetzung, vielleicht nicht", sagt er zum Abschied und fügt noch hinzu: „Zieh doch auch nach Ankara. Oder jedenfalls in die Türkei. Ich glaube, es würde dir hier gefallen."

„Ich lerne Türkisch", sage ich, „aber für den Job. Kendini iyi bak."

Eine Weile noch halte ich das Handy ans Ohr, obwohl wir beide schon aufgelegt haben.

Das Meer macht, was es will. Mal blau, mal grün und manchmal nichts von beidem, sondern. Die Möwen kennen sich nicht aus, vergessen, mit den Flügeln zu schlagen. Prallen hart auf der Wasseroberfläche auf.

Ich fahre zu Sen. Wie weit ist sie gegangen, fortgegangen in der kurzen Zeit, die so lang war. Für mich. Wo ist sie hingegangen. Unsere Körper wissen umeinander, fahren aufeinander ab, ineinander hinein, erkennen sich. Plötzlich kommt Mini ins Zimmer, das Kind von Sens Mitbewohner. Wir liegen unter der Decke und versuchen, nicht zu lachen. Mini fragt, was wir machen.

„Lachen", sagt Sen.

„Ich weiß, was ihr macht", sagt Mini. Mini ist klein und genau. Hat keine schweren Schultern. Stellt kluge Fragen und isst Kinderteller Rapunzel oder Mickymaus. Das ist Mini nicht zu blöd. Aber wir. Sind Mini zu blöd. Mini geht wieder. Ich fühle mich jung und alt gleichzeitig. Von draußen aus dem Flur hören wir, wie Mini erzählt, was wir machen.

„Bald muss ich Mini vermutlich den Turnbeutel in die Schule nachtragen oder auf Schulfesten Popcorn zubereiten", seufzt Sen.

„Ich finde, Mini sieht dir ähnlich", sage ich.

„Ich wohne nur in der gleichen Wohnung wie Mini."

„Ihr seht euch trotzdem ähnlich. Wem ist eigentlich der Name Mini eingefallen?"

Sen möchte über etwas anderes als das Kind reden und warum es Mini genannt wird und von wem. Aber meine Gedanken bleiben bei Mini. Wird rosa oder blau sein müssen. Mini ist vier. Noch eine Generation weiter als ich. Weg. Mir fallen keine Bilder ein, wie es sein wird. Wenn Mini fragt. Später. Was Mini fragt. Und wen. Wie wird Mini ein Bewusstsein der akribisch geplanten Ermordung von Millionen Jüdinnen und Juden durch Gestapo, SA, SS und Wehrmacht und Österreichs Rolle darin weitertragen. Wird Mini auf Demos gegen rechts gehen. Antifa-Aufkleber auf dem Roller dulden.

Mini sitzt neben Anneanne an deren Schreibtisch im Haus zwischen den Rosenbeeten. Sie bekleben Briefkuverts mit ‚Priority'-Aufklebern und Adressetiketten, wiegen jeden Brief auf Anneannes alter Briefwaage. Zwischendurch hebt Mini den Hörer des antiken Festnetztelefons ab. Es könnte gerade jemand angerufen haben. Das Kind telefoniert wortlos lauschend. Legt wieder auf, die Stempel rufen. Grün das Stempelkissen, groß die Auswahl an den kleinen hölzernen Stempeln, die auf einem Drehhalter hängen. Jeder Umschlag wird gewissenhaft gestempelt, vorne, hinten, so oft es geht und doch noch wie ein Brief aussieht. Dann sortieren. Mini ist geschäftig, wichtig und hochzufrieden. Das Ganze Minis Büro. Stünde hier ein Computer und könnte Mini tippen, gäbe es Protokolle für die Wahl-Urgroßmutter. Ad 1: die Frauen, ad 2: die Welt und was die Welt zusammenhält. Alles wäre möglich.

„Seit deine Großmutter gestorben ist, hast du einen leichten Hang zur Sentimentalität", sagt Sen.

„Kannst du Gedanken lesen?", frage ich.

Sen schaut mich an und da ist es wieder, ihr „Wer bist du?", wenn unsere Universen aus verschiedenen Umlaufbahnen kommen.

Am nächsten Morgen rufe ich in meiner ersten Pause im Job den Profesör an: „Dost zieht aus, sie will Veränderung."

„Dann ändere dich mit."

Dieser Vorschlag ist verheißungsvoll wie der frisch aufgegossene Tee in der Tasse vor mir, aber muss noch ziehen.

„Vielleicht solltest du damit beginnen, uns alle wieder mit unseren Namen anzusprechen. Profesör ist immerhin noch schmeichelhaft für einen Uni-Assistenten mit einer einzigen, mickrigen Lehrveranstaltung, aber Dost."

„Heißt Freund_in, Geliebte_r, Hausfreund_in, Adjektiv befreundet, aus meinem Wörterbuch."

„Trotzdem. Klingt wie Frost." Ich höre, wie er mit dem Nikotinfilter aus Plastik spielt, den er, seit er versucht, mit dem Rauchen aufzuhören, ständig in den Händen oder im Mund hat.

„War deine Großmutter also Nazi oder nicht? Widerstandskämpferin wohl eher nicht. Sonst wärst du nicht so wütend gewesen."

„Misch dich nicht ein", zische ich ihn an, „und nimm dieses Nuckelding aus dem Mund."

Er bläst eine Kindermelodie auf dem Filter.

„Ich verstehe nicht, was dich an meiner toten Großmutter interessiert."

„Und dich?", fragt er zurück und erklärt: „Meinen Filter brauche ich, weil ich eine nach der anderen rauchen würde, wenn ich ihn nicht hätte. Obersalzberg ist übrigens vom Blog gelöscht. Erledigt. Alles wird unter uns bleiben. Danke für dein Vertrauen, danke. Eins noch: Ich dachte, du hast das alles im Griff, politisch."

„Dachte ich auch." Und wenn ich sie geliebt habe. Will ich sagen, aber sage es nicht. Na und, würde er antworten, dann hast du sie halt geliebt.

Die Eheleute Mebis ertrugen nicht, einander älter werden zu sehen, miteinander mehr als ein halbes Jahrhundert geteilt zu haben. Sie ertrugen nicht, dass die_der andere es also war. Sie ertrugen all das Nichtgesagte nicht mehr. Sie ertrugen einander nicht mehr. Und alle haben es gesehen. Peinlich war das. Niemand konnte es fassen. Eine vorbildliche Ehe. So viele Kinder und Enkel_innen. Jedes Jahr ein großes Fest im Ferienhaus im österreichischen Sommer. Gutes Einvernehmen mit den Schwiegertöchtern und -söhnen, mit den Liebsten der Enkel_innen. Ein schönes altes Haus. Ausblick in die Ebene inklusive. Alle kamen immer wieder, aßen Würstel mit Erdäpfelsalat, Streuselkuchen und selbst gemachtes Apfelkompott. Die Kirschenkindergeschichte wurde den jeweils jüngsten Enkelkindern, dann den Urenkel_innen erzählt und alles andere nicht. Vielleicht ertrugen die Eheleute aneinander nicht, nach 1945 immer alles weggelassen zu haben. Was ihnen so wichtig gewesen war. Ordnung, Gehorsam, Pflicht, Kameradschaft, Reinheit, Siegeswille, Stammbaumtadellosigkeit und ‚Deutschland über alles'. Stattdessen hat sie ihm vorgehalten, wie gealtert er sei, langsam, vertrottelt, übrig, unterm Strich ein Nichts. Er hat geschwiegen. Und den Armen gespielt. Gelitten. So viel Ungerechtigkeit. Er hat doch alles so gut gemacht. Seine Karriere. Sein Mann-Sein. Sogar das Frühstück zubereitet. Im Alter. Als er Zeit dazu hatte. Und nicht alles andere wichtiger war. Kaffee hat er gekocht. Schlagsahne geschlagen. Über die Familiengrenzen hinaus war er dafür hochgelobt. Ein Sahne schlagender Opa rührt die Herzen der Bürger_innenwelt. Er hat die Kolleginnen seiner Frau bewirtet, von überall her, mit Frühstück und Schlagsahne. Dabei milde gelächelt über all das Engagement. Für die Frauen international. Wichtig, richtig und gespendet hier und da. Vielleicht ist sie so plötzlich gefallen und gestorben, um nicht milde zu werden im Rückblick auf ihre Ehe. Wahrscheinlich sitzt er jetzt bei ihr in der Urne, der Hass. Und schnappt nach Luft.

Die Augen, gewöhnt, dass ihnen alles zufliegt, müssen sich anstrengen, scharf stellen. Ich habe bis jetzt tadellos gesehen. Bin noch nicht alt genug für eine Lesebrille. Vergeht vielleicht wieder. Weniger am Computer sitzen wäre sinnvoll. Dieser Gedanke wird sogleich wieder verworfen. Zurück zur Schreibmaschine oder was. Ich kratze mir den linken Handteller. Eine Angewohnheit, wenn ich nicht mehr weiterweiß, wenn ich nervös bin. Das bringt Geld, behauptet Dost immer. Ich brauche jetzt kein Geld, sondern eine Brille und einen roten Faden. Vielleicht sollte ich mit meinem Testament anfangen, Privilegien vererben. Wem. Sichtbarkeiten, Umordnungen. Freund_in, Weggefährt_in und Mitelternteil von, Vertraute_r, mitwohnend, mitwütend, mitfreuend ... Einander meilensteinig gewesen sein. Oder so. Ayrıcalık – Privileg.

Dost zieht aus. Ihre Kisten stehen im Flur. Ihre Regale sind auseinandergebaut, die Einzelteile geschlichtet und mit Klebeband befestigt. Auf den Kisten steht mit dickem Filzstift Bücher, Geschirr, Keller, Schreibtisch geschrieben. Sie zieht aus. Viel zu schnell hat sie sich ein Zimmer organisiert. Noch vor ihrer Sponsion. Ich werde trotzdem hingehen, in den Festsaal der Uni Wien. Wir schleppen Kisten. Ich warte, ob sie wirklich geht, hinter ihrer letzten Kiste her. Sie drückt mir ihren Schlüsselanhänger in die Hand. Und zwei zusammengefaltete Blätter Papier. „Für deine Obsession", sagt sie, „habe ich beim Einpacken gefunden." Wir umarmen uns. Sie sagt: „Ich glaube, ich muss ausziehen, um dieses Land wieder verlassen zu können. Bald. Irgendwann. Hoffentlich. Und weiter weiß ich nicht. Ich will einfach nicht mehr mitwohnen. Mit dir und Ben und Phil. Ganz einfach, Pippa."

Ich sage: „Es tut mir leid", und nehme an, dass sie das verwirrt. Hinter ihr, an der Küchenfensterscheibe, suchen meine Augen nach Marmeladespuren. Ich bin selber verwirrt. Und unglücklich. Die Tür ist zu. Ihr Schlüssel liegt auf der Fensterbank. Ich wohne fortan allein. Rufe Sen an, erzähle ihr von der leeren Wohnung, es ist tröstlich, sie zu hören. Wir verabreden uns für den Abend. Ich lege nicht auf. Sie auch nicht. Es geht nicht. Und nicht. Allmählich wird das Gespräch mühsam. Die Pausen werden länger, es ist nicht klar, wieso keine auflegen kann. Oder will. Ich wechsle den Hörer von einem Ohr zum anderen. Male Muster auf das Papier vor mir. Sen ist genervt. Ich bin es auch. Pause. Wieder eine von diesen Pausen. Mitten am frühen Abend am Telefon. Ich lese ihr vor, was mit Dosts hastiger Handschrift geschrieben vor mir liegt:

deutschland ist wo schwarzwald ist
deutschland ist wo kinder gören heißen
deutschland ist wo man von salzburg über die grenze geht
deutschland ist wo kriege angefangen werden
deutschland ist wo ich nicht leben möchte
deutschland ist wo ich leben möchte
deutschland ist wo berlin ist
deutschland ist wo alle hierher auf urlaub fahren
deutschland ist wo auch deutsch gesprochen wird
deutschland ist wo immer früher dran sind als wir
deutschland ist wo auch die donau ist
deutschland ist ein deutsches land
österreich ist hier
österreich ist schön

österreich ist klein
österreich ist nicht nur wien
österreich ist wo die alpen sind und tirol und nicht mehr südtirol
österreich ist wo ich derzeit herkomme
österreich ist wo der bundespräsident im goldrahmen neben der tafel auf das schulkind mini wartet
österreich ist wo hitler aufgewachsen ist
österreich ist wo die anderen an jodeln denken
österreich ist fad
österreich ist ns-nachfolgestaat
österreich ist wo alle denken es sei australien
österreich isst mozartkugeln

„Hast du noch Zeit?", fragt Sen. „Ich bin gleich bei dir."

Einen Moment lang überlege ich, wegzulaufen. Nicht da zu sein, wenn sie kommt. Stattdessen kritzle ich herum. Noch sechs Tage bis zur Beisetzung. Ich wäre gern auf Zimmer Nummer 9. Da war alles an seinem Platz. Auch ich.

Sen schläft in meinem Bett. Ich liege neben ihr. Sie hat nichts, gar nichts mit meiner Großmutter zu tun. Weder mit deren Leben noch mit deren Tod. Noch mit den Orten, an denen entlang sie 92 Jahre gelebt hat. Selbst das Ferienhaus kennt Sen nicht, obwohl es in Österreich ist. Sie weiß nicht, dass ich meiner Vorfahrin wie aus dem Gesicht geschnitten bin. Sie weiß nicht, was es heißt, dass es nur noch mich als Namensträgerin gibt. Sie kennt meine schweren Schultern, meine Freund_innen, Dost, den Profesör, mein Leben hier. Ich habe kein anderes, das sie kennen könnte. Ich habe erzählt vom Zimmer Nummer 9, dem Meer im Norden, von meinem Namen und woher er kommt.

„Schläfst du, Sen?"

Sen schläft.

Ich bitte meine tote Großmutter, mich auch schlafen zu lassen. Ich mache sie darauf aufmerksam, dass sie keinen Wohnungsschlüssel hat. Ich fordere sie auf, ans Meer zu fahren oder nach ihrem Rosenbeet zu schauen, eine Konferenz zu besuchen oder sich in ihre Urne zu ringeln.

Aber sie denkt gar nicht daran. Vehement legt sie los.

Du bettest dich gut in deinem Nachkommin-Sein. Die Wurzeln für dein selbst besungenes Glück. Biete unter anderem ich. Wo stündet ihr, du und deine Bekannten und Freund_innen, ohne das, wofür viele andere und ich vor dir gekämpft haben, Frauenwahlrecht, Neudefinitionen von Gewaltbegriffen, materielle Unabhängigkeit, Bildung, das Recht von Kindern auf eine eigene Meinung. Und und und. Dein Geschlecht wählen. Tragen können, was du willst. Keine Spermaflecken im Bett, kein Bügeleisen daheim. Ja, ich habe meinen Namen verloren. Wie alle, die damals geheiratet haben. Aber ich bin Philippa geblieben. Vornamen heiraten nicht. So. Und. Das Reich. Weißt du, wie viele Nächte mich das gekostet hat. Wie viel Durchgestrichenes in meinem Leben. Diese tödliche Anerkennung. Fünf Kinder. Das Mutterkreuz. Prost. Ich habe mir auch nicht ausgesucht, deutsch, gesund und nicht jüdisch zu sein. Aber ich hätte es mir vermutlich ausgesucht. Ich war so. Ich habe es gewusst. Ich habe es nicht gewusst. Wie immer. Konzentrationslager gab es überall, wo die Deutschen waren. Suche nicht nach großer Reue oder Härte, sodass du dir die Arbeit sparst. Damit umzugehen. Ich war Mutter. Ich war Deutsche. Ich war wütend. Ohne Ende. Auf den Krieg. Soldaten. Auf meinen Mann. Mein Schicksal. Die Bomben. Hasserfüllt war ich. Auf meine Kinder. Weil sie da waren. Und essen wollten. Und nichts kapiert haben. Und sterblich waren. Und abhängig. Ich wollte frei sein. Frei. Und wichtig. Und nach oben kommen, jemand sein, die Welt verändern, etwas schaffen. Ich wollte Lebensraum im Osten aufbauen, ich wollte die Inszenierung von Größe sehen und Teil davon sein, Reichsparteitag Nürnberg 1936, ich wollte selber führen, siegen, der Frauenarbeitsdienst war meine Leidenschaft, ja, dann die NS-Frauenschaft, wöchentliche Damenrunden. Zum Leben auf dem Land. Bedeutung der arischen Frau. Hier und überall. Kindererziehung. Politische Bildung. Was so anfiel. 1942, 43, 44. Ich war gut in Didaktik. Vermochte die Runde zu Diskussionen anzustacheln. Über Kirschen, Kinder, Krieg, das Vaterland.

Wenn das meine Mutter hören könnte. Sie hat gesagt, niemand wollte mir ihr reden über diese Zeit, als sie Kind war. Schweigen Schweigen. Jetzt redest du, jetzt. Selber schon tot. Wieso erst jetzt. Deine Tochter würde sich im Grab umdrehen. Gib ihr ihren Kopf zurück und die Ohren. Damit sie hört, was du sagst. Wie es war. Wer du bist. Und dein Mann auch. Immerhin ihre Eltern.

Für wie blöd hältst du mich. Ich war auf Demokratieschulungen in den USA, Anfang der 1950er-Jahre, auf Staatskosten, Umerziehung, ich habe meine Lektion gelernt, habe den Kurs geändert, mich erneuert, bin noch einmal durchgestartet, ich wollte noch immer an einer neuen Welt bauen und das habe ich getan.

Opportunistin. Wieso hast du nicht gesagt, für was du stehst.

Weil es falsch war.

Hast du das eingesehen.

Es war aus. Vorbei. Ob eingesehen oder nicht. Weißt du was, ich werde dir mein Mutterkreuz vererben.

Jetzt feixt sie. Am liebsten würde ich ihr ihren Namen wegnehmen, ihre Gesichtszüge umschminken oder meine.

Misch dich nicht ein in das, was zwischen deiner Mutter und mir war. Davon hast du keine Ahnung. Schluss jetzt, aus, kein Wort mehr.

Wem habt ihr höchstpersönlich Todesangst eingejagt. Bei wessen Ermordung zugeschaut. Wer ist an dir oder Opa gestorben. Direkt oder indirekt. Woher kam euer Hass.

Es war kein Hass, es war Ideologie.

Ideologie ist Hass. Wird Hass. Was weiß ich. Hilf mir doch.

Wobei.

Was war zwischen meiner Mutter und dir. Es ist mein Recht, zu wissen, was war. Vor mir. Bitte sag es mir.

Nein.

Warum nicht.

Es ist nicht alles deins, nur weil du meine Nachfahrin bist.

Das sagt sie ausgerechnet mir, die ich mit allem, was mir zur Verfügung steht, versuche, nicht die Herkunftsfamilie als meine Nabelschnur zum Sein zu begreifen.

Du machst mich ganz verlegen, murmelt sie.

Natürlich ist sie nicht verlegen. Wieso sollte sie.

Ein nächster Tag wie viele. Ich räume Unterlagen hin und her, hefte Papiere ab, arbeite uninspiriert ein paar Stunden, versuche, Vokabeln zu lernen und Fälle durchzudeklinieren. Kann mir nichts merken. Der Schreibtisch hat heute nichts zu bieten. Ich warte, bis es Zeit ist, zum Treffen zu fahren, früher Nachmittag. Dort, bei den Geschwistern, die seit ihrem Auszug aus dem Elternhaus zusammen in einer winzigen Wohnung wohnen, vergesse ich alles, was mit meiner Familie zu tun hat, und tauche in die andere ein.

Wir beschließen, es zu tun. Morgen. Reden uns die Köpfe heiß. Wenn wir zum Frühschoppen aufbrechen, sind die Geschwister nicht dabei. So wollen sie das. Wir Freund_innen werden dort auftauchen als Mitwissende, als Öffentlichkeit. So weit, so klar. Die meisten von diesem Wir, das dort auftauchen soll, sind weiß. Was macht das. Wer spricht. Was macht Hochdeutsch dort, was andere Akzente. Wie sprechen wir die Mutter der Geschwister an. Wird sie uns das Wort abschneiden mit Das sage ich schon lange oder Verlassen Sie mein Haus oder Wo sind meine Kinder. Die Geschwister finden, darum gehe es nicht. Sie haben Kontakt zu ihrer Mutter, wenn auch nur wenig. Es gehe um den Vater und um eine Öffentlichkeit für den Geist, in dem dieser Frühschoppen stehe. Das sei genug. Andere finden das nicht genug, es wird immer komplexer, es wird kontrovers, es wird hart. Unser Wir zerfällt. Sen versucht, nazistische, antisemitische Tradierungen in den Fokus zu stellen. Der Profesör besteht darauf, alles noch einmal genau zu überlegen, Schritt für Schritt, Wort für Wort. Das Auto mit den Geschwistern wird am Ortseingang auf uns warten. Ist am Ende eines aufreibenden Nachmittags der Stand. Profesör hat rasende Kopfschmerzen. Schwester und Bruder streiten.

„Wieso ziehen wir das durch, über alle Differenzen und Brüche hinweg?", fragt Yoldaş, als wir schon im Aufbruch sind. Sie gibt mir ihren Spitznamen zurück, yoldaş – Mitstreiter_in, ich werde rot, so albern ist die ständige Namensverteilerei. Sie schmeißt uns ihre Wut vor die Füße und geht. Wir anderen stehen an der offenen Wohnungstür und rufen ihr nach, es sich noch einmal zu überlegen. Das Treppenhaus ist voller Spaltungsscheiße. Wir sehen uns trotzdem morgen. Wer kommt, kommt.

Der kleine Ort. Die Festung der väterlichen Großfamilie von den Geschwistern. Ein Sonntag. Nach der Kirche. Wir läuten, sind zu sechst. Jemand öffnet, kennt uns nicht, wundert sich und schon sind wir in einem unerwartet großen, hellen Raum mit ungefähr vierzig Personen. Einige sitzen auf Wohnzimmergarnituren, die meisten an einem langen Tisch. Im offenen Küchenbereich ist auf der Anrichte ein üppiges Buffet aufgebaut. Wir grüßen freundlich, sehen uns wortlos um. Kurz ist es ganz still. Angefangene Bissen werden hinuntergeschluckt. Abwechselnd knapp und atemlos, um Ruhe im Sprechen bemüht, beginnen wir, in Wollkostüm, Lederhose, Dirndl, Smoking, mit Kaiserbart und Federboa, darzulegen, an welchen Massakern die SS-Einheit, derer hier gedacht wird, beteiligt war. Es klingt, als seien unsere Sprechrollen exakt verteilt, aber es ergibt sich aus der Situation, aus der Anspannung heraus. Bis die Unterbrechung kommt, Halt, halt zuerst und Gelächter, dann So eine Sauerei und Wer sind Sie überhaupt. Vorgestellt haben wir uns gleich am Anfang schon und tun es noch einmal, jeder Name sorgfältig ausgewählt als Verweis auf andere ehemalige SS-Einheiten und deren Namensgeber. Und Sie, fragt der Profesör, wer sind Sie. Keine Faschingsgesellschaft jedenfalls, ist die höhnische Antwort. Die Mutter der Geschwister ist die Einzige, die sich uns vorstellt. Sie sieht unseren Freund_innen ähnlich. Verlassen Sie mein Haus. Dann drohen welche mit der Polizei, fuchteln mit ihren Handys und rufen doch nicht an. Sie stehen auf von der Tafel, zerreißen die Flugblätter, schreien uns an. Die Situation eskaliert, unsere scheinbare Ruhe ist dahin. Dost nimmt ein Marmeladeglas von der Tafel und leert es auf einen niedrigen Couchtisch aus dunklem Glas. Dann bröselt sie Brotscheiben hinterher. Profesör, der neben einer Küchenkredenz steht, öffnet deren Tür, langt mit ausgestrecktem Arm hinein, schiebt alles über den Rand, eine Salatschleuder, Messbecher, Backformen, Besteck, Servietten, Gewürze. Die illustre Gesellschaft verharrt wie angewurzelt.

Weitere Familienleute kommen angelaufen. Was ist hier los. Ein älterer Mann wird handgreiflich. Das Monument. Das muss er sein, der Vater der Geschwister. Wir wehren ihn ab. Ein kleiner Junge weint. Eine Familienfrau verbietet ihm, zu weinen. Zum Glück sind wir zu sechst. Jemand grüßt von draußen herein, durch das offene Fenster. Wir grüßen zurück. Der Profesör schwitzt in seinem Wollkostüm. Dosts Bart ist verrutscht. Dann steht ein mitteljunger Mann in der Tür. Haut ab. Sagt er. Geht zur Anrichte und greift nach dem Brotmesser, das nichts ahnend dort liegt. Lag. Damit haben wir nicht gerechnet. Sonst mit allem. Mit der Polizei, mit dem, was eine Familie und ein ganzer Ort an Täter_innenverherrlichung zu bieten hat. Ein Brotmesser kam nicht vor in unserer Phantasie. Wie dumm von uns. Da ist es. Zeigt abwechselnd auf uns. Hinter dem Brotmesser der mitteljunge Mann. Lass das, zischt die ältere Frau. Hitler hei, ich grüße Sie. Sage ich und habe keine Ahnung, warum. Jemand lacht hysterisch. Mein Dirndl will mich aus sich rauswerfen, aber die Schürze ist mit einem Doppelknoten an mich gebunden. Meine Großmutter war auch Nazi, sage ich. In eisiges Schweigen hinein. Die Situation ist zu grotesk, um Angst zu haben. Die kommt erst nachher. Nichts rührt sich. Nur Dost. Scheinbar seelenruhig beginnt sie, aus dem Marmelade-Brösel-Matsch auf dem Glastisch kleine Bällchen zu formen. Alle schauen ihr zu. Sie können die Bällchen mit der Schneide flitschen lassen, sagt sie Richtung Mann mit dem Brotmesser. Wenn Sie Glück haben, bleibt ein Bällchen am Fenster kleben. Warten Sie, ich schließe das Fenster. Dann können Sie schießen, ohne vorbeigehende Nachbarsleute zu treffen. Sie geht zum Fenster, Schritt für Schritt, und steigt auf die Fensterbank und dann langsam hinaus. Wir anderen folgen, ebenfalls Schritt für Schritt. Als alle sechs draußen sind, zieht Dost von außen die Fensterflügel zu. Wir haben uns schon ein paar Meter vom Haus entfernt, als wir ein dumpfes Flatschen hören. Vielleicht ist es auch kein Brotmatsch an der Scheibe, sondern etwas anderes. So oder so brechen wir auf. Ein Handy läutet und dann nicht mehr. Nichts los in diesem Kaff. Wir verlassen den Ort. Meine Knie sacken weg. Zum Auto noch. Das am Ortsausgang steht. Mit den Geschwistern.

Wenn das alle täten.
Wir sind wahnsinnig.
Wir haben gewonnen.
Wir sind in Sicherheit.
Wir haben geträumt.
Wir können nicht mehr.

Als ich zu Hause bin, esse ich ein Marmeladebrot. Sen ruft mich an. Ich habe schon darauf gewartet. Das Handy wehrt sich gegen meine schwitzigen Finger. Rutscht mir aus der Hand. Noch einmal sie.

„Es war nichts. Nur der Schweiß. Mir ist heiß."

„Mir auch."

Alle rufen alle an. Lachen, Blödeln, Scham und Glücklichsein. Könnte ich Räder schlagen, ich würde mich durch die Wohnung drehen, um die festgezurrten Schultern zu lockern. Ich weiß nicht, wie ich mich verhalten hätte früher. Ich weiß nur, wie ich mich hätte verhalten wollen. Aus heutiger Sicht. Überheblichkeit grüßt Ignoranz. Üble Ranzigkeit. Grüße aus der Lederhose. Hodenlose. Übrig das Bodenlose. Ein Meer aus Sexismen und allen anderen Frühschoppenhäppchen. Ich versuche, mich zu erinnern, was ich gesagt habe in der Festungsküche, es fällt mir nicht ein. Zerschlagen setze ich mich an den Schreibtisch, habe mein Herz vor mir liegen. Dazu der Computerbildschirm, etwas zu trinken, Gummibärchen und die Maus. Das Dirndl im Vorraum. Es kann nichts dafür.

Das Handy läutet. Irgendjemand auf der Suche nach der neuen Adresse von Dost. Ich schlage die Adresse nach, obwohl ich sie auswendig weiß. Sage sie der Anruferin. Die muss erst einen Stift suchen. Dann hat sie einen. Der schreibt nicht. Sie sucht noch einen. Mit oder ohne Stift, das kann ich nicht sehen, fragt sie, wieso Dost ausgezogen ist. Und, ob sie zurückkommen wird. Das Ganze unerträglich. Lieber als Türnummern würde ich durchgeben, wie mutig sie ist, dass sie es war, die gehandelt hat, als wir ernstlich in Bedrängnis waren, dass sie unschlagbar ist, dass sie mich verlassen hat, soll sie doch machen, was sie will. „Nein, sie ist hier ganz und gar ausgezogen, frag sie selber und mich nicht mehr, bitte." Ich lege mich quer auf mein Bett. Dosts Schritte im Stiegenhaus, wenn sie wieder etwas vergessen hatte. Die Frage jeweils nur, auf welchem Stockwerk es ihr auffiel. Sie kam zurückgerannt, zwei Stufen auf einmal, schloss die Wohnungstür auf, rief beim Hereintreten in den Vorraum: ‚Nicht lachen!', holte das Vergessene und war wieder weg, Adios! Irgendwann lässt sie mich einschlafen.

Oma ist wirklich gegangen.
Ich kann mir uns alle ohne sie gar nicht vorstellen.
Eine schöne Trauerfeier, speziell, wie sie.
Wer hat eigentlich das Foto ausgesucht.
Wie wird es weitergehen ohne sie.
Wo war eigentlich Roni.

Roni ist tot.
Nein, seit wann.
Oma hat ihn sehr vermisst.
Mir wurde gar nichts erzählt.
Eine gelungene Trauerfeier.
Ja, gute Reden. Selten stimmig.
Diesen Pfarrer muss man sich merken.
Fährst du morgen wieder zurück.
Waren Nazis da.
Wie bitte.
Nazis. Alte. Paare. Oder Witwen. Nachbar_innen aus Österreich.
Oder ehemalige Kollegen von Opa.
So traurig, so verdammt traurig, fällt einfach die Treppe hinunter.
Die Kinder haben das rührend gemacht nach den Reden, oder.
Roni heißt nicht Roni.
Hinreißend, wirklich.
Auch nicht Ron.
Habt ihr schon gegessen.
Nein.
Nein.
Also dann.

Die Beisetzung findet statt. Ich bin nicht dabei. Es ist sehr schön und sehr traurig. Ich bin nicht dabei. Sitze in einem Zug, auf dem Weg dorthin, aber der Zug kommt nicht an in der Stadt meiner Großmutter. Kein Mensch sonst aus dem Zug will dorthin. Niemand steht ungeduldig mit dem Gepäck an der Tür. Der Zug hält nicht an. Kein Bahnhof mit dem gewohnten Schild, Frankfurt am Main. Ich habe die Notbremse bereits in der Hand. Dann verlässt mich der Mut. Wie erklären, dass das hier der Bahnhof sein müsste, wenn ich doch sehe, dass es ihn nicht gibt. Ein Kopfbahnhof, ich bin ganz sicher. Aber auch die Stadt taucht nie auf. Nicht mehr da. Frankfurt am Main gibt es nicht mehr dort, wo es sonst immer war. Ich lasse die Notbremse los, ungezogen, fahre weiter, die Beisetzung verpasst, jedes Taxi zwecklos, ein Albtraum.

Ich wache auf. Höre in der Küche das Pfeifen des Teekessels, aber das kann nicht sein, ich habe noch kein Wasser aufgesetzt und hier wohnt nur eine, ich. Ben. Seit Dost ihren Wasserkocher mitgenommen hat, trinke ich viel weniger Tee. Der Kessel braucht zu lang und noch ist nicht die Zeit, einen neuen Wasserkocher zu kaufen. Erst noch unzufrieden sein eine Weile. Dieser Morgen ist kein guter. Was, wenn das Monument seine Kinder anzeigt. Nötigung. Hausfriedensbruch. Aber sie waren nicht dabei. Also uns. Anzeigt. Bin auf der Stelle hellwach. Dann fällt mir der Brotmessermann ein. Kommt auch nicht gut an vor Gericht. Sechs Zeug_innen gegen ihn, gefährliche Drohung. Andererseits schneiden alle Leute ihr Brot mit einem Messer. Wiederbetätigung. Wir könnten Anzeige erstatten. Ich stelle mir Vernehmungsbeamte vor, die sich die Frühschoppenadresse merken. Fürs nächste Jahr vielleicht. Letzter Sonntag im Februar. Ein Ausflug aufs Land. Niederösterreich soll schön sein. Erst einmal in Ruhe Zähne putzen.

Die Fotos anschauen von unserer Reise, Anneanne. Vor drei Jahren erst. Wir beide an deinem Kindheitsmeer. Ganze Sommer bist du in den Dünen gesessen früher. Du hast mir jede Bucht gezeigt, die Möwen gegrüßt und das Spiel erklärt: in den Dünen sitzen und so lange die Augen zukneifen, bis alles verschwimmt, nichts mehr wahrer ist als anderes. Urlauber_innen werden zu blauen Flecken, Boote, selbst große Schiffe verlieren die Kontur. Alles ist Meer. Alles ist deins.

Wieso hat dir niemand ein anderes Spiel gezeigt. Es ist nicht dein Meer. Es war nie deins.

Was könnte ich sagen auf der Beisetzung. Philippa Mebis ist gestorben. Sie ist zu früh gestorben. Oder: Sie ist zu spät gestorben. Sie ist von uns gegangen. Sie ist gegangen. Sie ist geflogen. Im hohen Bogen die Treppe hinuntergeflogen. Die Treppe hat sie zu sich genommen, von uns genommen, sie uns weggenommen. Das hat die Oma nicht verdient. Sie hätte Besseres verdient. Sie hat nie viel verdient. Aber Opa. Hat viel verdient. Na und. Es geht nicht um ihn.

Was habe ich alles vergessen, Anneanne zu fragen. Und meine Mutter. Sie war auch eine Anne, Mutter, meine. Die Tochter ihrer Mutter. Abgekürzt. Wie ihr Leben. Anne, ein ursprünglich hebräischer Name, hat der Profesör gesagt. Kein Name stimmt.

Sie hat mir einmal erzählt, meine Mutter, dass sie alle Kindheitserinnerungen an ihre Eltern verloren habe. Sie könne sich nicht mehr erinnern, wie ihr Vater gekleidet war, ob er ihre Mutter angesprochen habe oder sie ihn, ob die Eheleute aneinander vorbeigeschaut hätten, ob sie vor der Küchentür standen oder am Herd, in der Stube, wo und wie genau, ob sie überhaupt standen, ob sie aufstanden, ob sie gelaufen sind, weg- oder hingelaufen, mitgelaufen, mit wem, als Paar oder einzeln. Sie habe einfach keine Erinnerung mehr an die Eltern in den 1940er-Jahren, konturlos beide, jung und blond, aber ohne Gesicht und Stimme.

Weiß nicht, wieso, aber ich gehe auf den Blog vom Profesör. Nur kurz schauen. Neuer Eintrag:

<Selbstversuch über Ambivalenz: Ambivalenz heißt zum Beispiel, ein Wir zu behaupten, das keines ist. Ambivalenz verwischt. Kennt keine Grenzen. Ist erbarmungslos. Zwingt das Gegenüber, sich mit dir zu beschäftigen, obwohl du so tust, als hättest du selber alles im Griff. Ambivalenz fängt mit A an. Ambivalenz hört mit Z auf. Dazwischen alles andere. Ambivalenz ist, wenn das B dem M anbietet, den Platz im Alphabet zu tauschen, aber Besserverdiener trotzdem mit B geschrieben wird und Mittelweg noch immer mit M. Ambivalenz ist, wenn das M das Tauschgeschäft von B ablehnt, aber Blut&Boden in Mut&Moden verwandelt und Geld mit dem solcherart getarnten, einschlägigen Label macht. Ambivalenz ist, wenn ein Professor darauf besteht, kein Lehrbeauftragter zu sein, aber nur eine einzige, mickrige Lehrveranstaltung im Semester anbietet. Ambivalenz heißt, SS-Bewunder_innen anzustänkern, aber selbst nicht nachfragen wollen bei den eigenen Vorfahr_innen. Vielleicht wurden meine Vorfahr_innen ermordet. Vielleicht waren welche selber Antisemit_innen. Ich weiß es nicht und will es nicht wissen. Viele Pol_innen sprechen Deutsch. Niemand in Österreich oder Deutschland spricht Polnisch. Polen sei so unerträglich katholisch, so homophob, so hinterher, heißt es, und was gibt es in Polen außer billige Arbeitskraft. Für deutsche Firmen. Zum Beispiel. Oder Familien. Als Pflegepersonal, rund um die Uhr. Ich bin wütend. Keine Spur von Ambivalenz. Nur Wut.>

Ambivalenz – leider keine exakte Übersetzung gefunden, sagt mir eine Übersetzungswebsite. Lässt sich also nicht in einen für mich ungewohnten, womöglich sympathischeren, türkischen Klang verschieben. Also auf Deutsch umgehen mit Ambivalenz. Von A bis Z.

Ich fahre zu Sen. Es riecht nach frischer Minze und Fisch. Sie probiert ein neues Rezept aus für einen großen Cateringauftrag.

„Jede macht ihre Konzessionen", erklärt sie, als ich verwundert auf die lesbische Hochzeitseinladung schaue, die über dem Herd hängt. „So kann ich mit Empörung würzen."

Ich könnte ihr stundenlang beim Kochen und Kosten zusehen, wie sie Pfeffer in einem Mörser stampft, Minzblätter aus dem Bündel zieht, zwischen ihren Fingern reibt und den Geruch einsaugt.

„Und bei dir so?"

„Vielleicht solltest du mit mir zur Beisetzung fahren, meine Verwandten alle auf einmal kennenlernen. Oder nein, besser noch du fährst mit mir in das Ferienhaus meiner Großeltern, ich würde dir alles zeigen, von dem ich erzählt habe, und du könntest mir sagen, ob ich es richtig wiedergegeben habe. Du würdest vielleicht finden, die Straße hinauf in den Ort sei nicht steil und der Blick hinunter kein Blick ins Tal, sondern einfach die Aussicht auf eine etwas unterhalb gelegene Wiese. Du würdest das Haus meiner Großmutter nicht finden, weil meine Schilderungen auf keines der Häuser passen. Du würdest dich fragen, ob ich wirklich diesen Ort meine, weil du keine Spuren auf den Äckern oder im Wald findest. Du würdest dir nicht vorstellen können, dass ich als Kind oft wochenlang in dem Haus war, das jetzt beiläufig oberhalb von Feldern und saftigen Wiesen liegt. Du würdest versuchen, mit anderen Leuten aus dem Ort ins Gespräch zu kommen, um etwas über die Geschichte zu erfahren. Du würdest statt des ehemaligen Konzentrationslagers Kulturangebote finden und Eintrittsgeld bezahlen für das. Du würdest schließlich oben stehen und herabschauen und den Blick schweifen lassen und denken: Was hat sie denn, es ist schön hier. Ja, es ist schön, Sen, es ist schön. Du solltest mit mir fahren. Bitte."

Während sie auch mir ihre Minzefinger unter die Nase hält, sagt sie: „Deine Großmutter ist tot, so oder so. Frankfurt taucht nicht mehr auf, Dortmund auch nicht. Niemand findet das einen Verlust. Banken gibt es überall sonst in Deutschland auch, der Main fließt weiter und Dortmund war nie eine Reise wert. Die Buchmesse findet fortan in München statt. Regierungsgeschäfte kehren zurück nach Bonn. Die Mauer war schon gefallen. Jede Menge Koffer in Berlin. Die weißhaarige Frau hat Spuren hinterlassen, Städte aufgemischt, dich gezwungen, dich neu zu erfinden. Jetzt geht dein Leben weiter, unser Leben. Ich will nicht mit dir auf das ehemalige Konzentrationslager unterhalb deines großelterlichen bürgerlichen Ferienhauses blicken. Ich bin selber aus diesem Land. Wir müssen unser Nazi-Erbe nicht doppeln. Dein Blick genügt. In diese Ebene hinunter. Meiner von meinen privilegierten Anhöhen. Auf das Desaster und Verbrechen, für die meine Familie steht. Uns austauschen. Nicht doppeln. Bitte. Nicht gemeinsam einrichten in der Nachfahr_innenschaft. Das wird zu schnell wohlig. Lass uns die Differenzen. Kein Wir. Sightseeing. Nein."

Später ein ‚Frühschoppentreffen' bei mir. Dost und der Profesör haben abgesagt, er aus Protest gegen zu viel Ambivalenz in der Gruppe und die Nichtaustragung der Meinungsverschiedenheiten. Wir Übrigen tauschen uns aus über das, was war, und das, was nicht war. Eine Mischung aus Triumph und Leere macht sich breit. Und jetzt.

„Eine Pause, eine lange Pause", sind sich die Geschwister einig, „wenn die Letzter-Sonntag-im-Februar-Leute uns eine Pause lassen und keine Schritte gegen uns unternehmen."

Wir packen die Verkleidungsutensilien weg und ein Brotmesser dazu. Einfach so. Eingerollt in Dirndlstoff und Glitzerkram. Zum Abschluss stoßen wir reihum auf uns an, Bananenmilch tockt dumpf an Bananenmilch, Kakao oder Bier.

Von unterwegs rufe ich den Profesör an. Er erzählt von einem Wasserrohrbruch in seinem Institut und der Begegnung mit dem Installateur, der sich zu einem Pausentee habe überreden lassen und der auf die Frage, ob er schon einmal eine große Ambivalenz gefühlt habe, unvermittelt zu weinen begonnen habe. Er habe diesen Mann dann getröstet und der habe aber mit keiner Silbe angedeutet, warum ihn die Frage nach Ambivalenz so erschüttere, noch, ob er nur zufällig an etwas ganz anderes gedacht oder kürzlich einen Trauerfall zu beklagen oder eine Trennung zu verkraften gehabt habe. Nichts, kein Wort der Erklärung seitens des Installateurs. Der habe in Ruhe fertig geweint und dann seine Arbeit an dem lecken Rohr aufgenommen. Kurz sei ihm, dem Profesör, der Gedanke gekommen, ob es in der Familie womöglich Installateursvorfahr_innen gegeben habe, die für Dinge verantwortlich gewesen waren, die den Nachfahren wortwörtlich sein Handwerk beweinen ließen, aber dann habe er, der Profesör, diesen Gedanken wieder verworfen. Manchmal sehe er schon überall Gespenster, wie auch immer sei ihm jetzt nicht klar, warum er mir das eigentlich erzähle. Ihm sei dieser Installateur vollkommen egal.

Wir schweigen beide. Als Erste rede ich wieder: „Mir ist es wichtig, genau zu sein."

„Mir nicht", hält er prompt dagegen, „ich halte nichts von dieser ur-deutschen Eigenschaft."

„Hat der Installateur eigentlich den Wasserschaden behoben?"

„Furztrocken die Wand seitdem."

Noch zwei Tage bis zur Beisetzung. Ich habe Telefondienst im Job, beantworte Anfragen, es geht von allein. Weit springen möchte ich, und hoch. Wenn meine Schultern nicht mehr schwer sind und mein Kopf sich dreht, wohin er will. Den Tag in die Hand nehmen. Heute. Die Füße spüren den Boden wieder. Ich breche auf, Jacke an, zwei Stufen auf einmal und hinaus. Die Haustür fällt zu, vielleicht schaut sie mir nach. Gehen, laufen, rennen. Ich renne durch die Stadt, in der ich lebe. Ziellos, süchtig nach dem Takt der Füße ... beim Laufen kommen die Gedanken ungefragt ... 92 Jahre erfinden ... jünger ist sie nicht gestorben ... Angst, mit dem Erfundenen nicht mithalten zu können ... kein Krieg in Sichtweite ... Widerstand wogegen ... Berlin ist erledigt, aber was bedeutet das. Ich will nicht erfinden, ich will meine Großmutter aufstehen lassen, ganz real, und ihr die Nachricht von Ron vorlesen und seinen Namen fordern. Aber inzwischen ist ihr Körper verbrannt. Die Worte tun weh. Auf Deutsch.

Philippa bietet Tee an und Kuchen. Streuselkuchen. Mariola nimmt beides. Damals waren beide im selben Ort in Schlesien. Mariola im Konzentrationslager, Philippa im Haus mit dem Kirschbaum. Jetzt sitzen sie an einem Tisch. Essen Streuselkuchen von einfachem Porzellan mit Kuchengabeln und trinken heißen Tee.

Gab es Tee? Damals. Dort. Fragt Philippa.

Pause. Beide nehmen einen Schluck.

Wo waren Ihre Eltern?

Mariola zuckt die Schultern.

Waren Sie später noch einmal dort im ehemaligen Lager?

Ich ärgere mich, dass Philippa die Fragen stellt. Dabei liegt es an mir, sie schweigen zu lassen. Philippa, schweig. Hab nicht alles im Griff. Schweig einmal und warte, was denn Mariola sagt. Aber die sagt nichts. Lange, lange nichts.

Ich warte nach wie vor auf meinen Lohn. Von damals. Weder die Nachfolgefirma Ihres Mannes noch der Nachfolgestaat Deutschland haben für meine Arbeit gezahlt.

Endlich. Mariola redet.

Es ist nicht viel. War ja lächerlich bezahlt, die Zwangsarbeit. Ich brauche das Geld nicht. Aber würde meinen Kindern, wenn ich welche hätte, die Abrechnung zeigen. Oder meinen Enkel_innen. Dafür hätte ich gerne Enkelkinder.

Wieso nicht adoptieren? Es wäre an der Zeit, dass es möglich ist, Enkelkinder zu adoptieren. Sagt Philippa.

Sie hat denselben Gedanken wie ich und fährt fort.

Unsereins hat Zeit, Erfahrung und die nötige Gelassenheit. Wieso ist das nicht vorgesehen? Vielleicht gibt es Länder, in denen das möglich ist.

Philippa und ich. Dieselben Gedanken. Es ist verhext. Dagegen kommt Mariola niemals an.

Wieso haben Sie keine Kinder? Wollten Sie keine?

Philippa, hör auf.

Wieso, ich werde doch noch fragen dürfen.

Mariola war KZ-Häftling.

Na und. Viele Überlebende wollten Kinder haben. Hatten Kinder. Spiel dich nicht auf. Mariola macht mir auch keine Vorwürfe.

Dabei hätte sie allen Grund dazu. Höre ich mich sagen.

Was sollte das bringen, über ein halbes Jahrhundert später, fragt Philippa genervt.

Mariola scheint desinteressiert an Philippas und meiner Diskussion.

Ich heiße übrigens nicht Mariola. Sagt sie.

Oh, Pardon.

Ich heiße Klara.

Philippa horcht auf. Erstaunlich, ein deutscher Name, oder.

Ich halte Philippa nicht aus. Ich möchte mich bei Klara entschuldigen. Aber die rührt in ihrer Tasse Tee und ich finde nicht die richtigen Worte.

Ich kann mich an Ihren Mann gar nicht erinnern. Sagt Klara zu Philippa.

Jetzt.

Das macht nichts. Noch ein Stück Kuchen?

Philippa wirkt ausgelassen. Das macht nichts, sagt sie. Das macht nichts. Sie muss von allen guten Geistern verlassen sein. Ich bin fassungslos. Weiß nicht mehr, wie diese Situation weitergehen soll. Klara scheint das nicht zu stören. Sie nimmt ein weiteres Stück Kuchen, schaut mich leicht verächtlich an. Ich will, dass sie weiß, dass ich auf ihrer Seite bin.

Ach, das glaubst du nur. Sagt sie. Du bist doch wie deine Großmutter. Du schaust genauso aus wie sie. Du isst auch gern Streuselkuchen. Du bewunderst sie. Was spiele ich hier für eine Rolle. Aus Polen bin ich auch nicht. Ich heiße Klara. Oder Mariola. Für euch Arierinnen ist das doch alles gleich. Mich interessiert das nicht. Wozu soll ich mit deiner Vorfahrin reden. Oder mit dir. Frag deine Großmutter selber. Ich hasse Streuselkuchen.

Dann ist sie weg. Es ist still.

Schade, eine sympathische Person, sagt Philippa, stopft sich den Rest des Kuchens in den Mund, kratzt mit dem Teelöffel die Krümel zusammen und fängt an, das Geschirr in die Küche zu räumen.

Bleib doch mal ein bisschen sitzen.

Aber sie hört nicht auf mich. Gegen meine Großmutter ist kein Kraut gewachsen.

Klara hat recht. Ich bewundere Philippa. Meine Empörung ist nicht echt.

Philippa schaut mich an: Probleme mit dem Nachmittag? Komm, Pippa, nimm auch ein Stück. Wird nur alt und zäh, der Streuselkuchen.

So sitzen wir da. Sie packt den Kuchen wieder aus und ich esse, was für Klara gedacht war. Wie heißt sie mit Nachnamen, will ich wissen.

Philippa winkt ab. Woher soll ich das wissen. Ich habe diese Frau nie gesehen. Aber schade, dass sie schon gegangen ist. Wo sie extra aus Polen angereist ist.

Sie ist nicht aus Polen!

Falls sie sich wieder mal meldet.

Wieso sollte sie sich wieder melden.

Mein Großvater, der Ingenieur. Und Familienvater. Leitete eine Fabrik. Während des Krieges. Das war hart. Die wichtigen Dinge wurden nicht erzählt. Alle waren dabei. Alle haben es gesehen. Nur die meisten nicht. Wie meine Großmutter. Du hast doch sonst so viel gesehen. Wo waren deine Augen. Wo wären meine gewesen. Freier Fall in große Stille. Jaja, ‚Schindlers Liste', Spielberg, Hollywood. Ich stelle mir Opa vor, gerührt. Fühlte sich verstanden. Dieser Schindler und auch ich. Hat er womöglich gesagt.

Ich wünschte, Klara käme zurück und würde ihn auslachen. Sie wird sagen: Das hättest du schon selber tun müssen.

Sie fragt mich, wozu ich sie an den Teetisch meiner Großmutter bemüht habe und warum es für mich wichtig sei, sie kennenzulernen. Im Übrigen verabscheue sie Streuselkuchen, aber das habe sie wohl schon gesagt. Willst du sichergehen, dass du dich von deinen Großeltern unterscheidest? Das würde meine Enkelin auch wollen, wenn ich eine hätte. Sie würde nicht für Leute wie deinen Großvater und den Profit seiner Firma schuften wollen. Ihr solltet euch kennenlernen. Nur gibt es sie nicht.

Ich will etwas erwidern, aber komme nicht zu Wort.

Wieso orientierst du dich an deiner Großmutter. Sie ist eine von Millionen gewesen. Die mitgemacht haben. Und jetzt ist sie wieder eine von Millionen. Die gut leben und es anderen, die nicht so gut leben, auch ein bisschen nett machen wollen. Die Deutschen spenden viel. In alle Welt. Deutsches Geld. Wo kommt das wohl her. Aber lassen wir das Allgemeine. Ich bin sicher, deine Großmutter verachtet dich. Weil sie merkt, dass du uns beide alten Frauen nur an einen Tisch setzt, um dich unterscheiden zu können. Von ihr. Und mir. Zwei Fliegen mit einer Klappe.

Aber meine Großmutter ist längst tot. Sage ich.

Wozu dann die ganze Aktion? Servus adieu Sabine oder Anneliese oder wie heißt du nochmal? Philippa?

Nein, ich heiße Phil.

Na also. Reicht dir diese Unterscheidung nicht?

Sie wirkt ungehalten, hält ihre Brille von sich weg, hält sie gegen das Licht, haucht sie an, putzt sie mit einem Taschentuch, das sie aus ihrer Hosentasche zieht, sie stopft das Taschentuch wieder zurück, zischt: Lass mich in Ruhe.

Ich rühre mich nicht, sitze, das rechte über das linke Bein gelegt, und sehe sie an. Sie putzt noch einmal ihre Brille. Derselbe Vorgang, Taschentuch raus, Gläser putzen, Taschentuch zurück. Wie viel schärfer will mein Gegenüber noch sehen. Mehr ist Phil nicht. Als das, was ich bin, eine Mitte-dreißig-Jährige mit dem Nachnamen Dorn. Was gibt es da zu sehen durch abermals geputzte Gläser. Dorn wie Rose. Hatte Großvater immer gesagt. Dorn wie Horn, aber es piekt, sagt mein Vater noch heute und lacht jedes Mal, jedes einzelne Mal. Wie oft schon bin ich vor Scham über den immer gleichen Nicht-Scherz im Boden versunken. Dorn. D-o-r-n. Dieter Otto Richard Norbert. Vier Männer für meinen Namen. Deutsche Männer.

Inzwischen ist es spät. Ein langer Abend wechselt in den nächsten Tag. Unter der Dusche nimmt das Wasser die Gedanken mit. Ewig könnte ich da stehen, wenn der Boiler kein Boiler wäre, sondern ein Durchlauferhitzer. So ist das heiße Wasser bald aus, für kaltes Wasser bin ich zu träge. Alles abdrehen, ins Bett.

Ich stehe noch einmal auf und nehme die Fotos von der Wand, packe sie in einen Briefumschlag, beschrifte ihn mit ‚Reise an die Ostsee mit Philippa', streiche ‚die Ostsee' durch, schreibe stattdessen ‚das gestohlene Meer' und stecke den Umschlag zu anderen beschrifteten Umschlägen in meine Fotokiste. Ich falte die Liste mit den Orten, an denen Philippa gelebt hat, zusammen und verstaue sie in meiner Schublade, in der jede Menge vermutlich wichtiger Zettel liegen, die ich nie anschaue. Ich beschließe, die Orte nicht länger zu suchen. Vielleicht sollte ich den Inhalt der Lade nehmen und in die Altpapierkiste zwischen gelesene Zeitungen, aufgerissene Briefkuverts und Gemüsetassen aus Pappe stopfen.

Irgendwo hat sich das Braun verloren, farblos, fast schon durchsichtig hängen unsichere Hemden auf klapprigen Bügeln. Lederne Gürtel suchen die Hosen noch zu halten. Das ist alles, was von Sitz und akkurater Falte übrig ist. Nicht einmal in die Gullys ist das Braun geronnen. Es ist einfach aus der Mode und mit ihm aller Schnitt und Schmiss. Ein Lachen läge in der Luft, wenn das so wäre und Farben nicht täten, was sie wollen.

Ich habe sie verloren. Philippa. Ich weiß noch nicht, was geht. Was noch geht. Für mich. Mit ihr. Ohne sie bin ich weit weg von mir. Und meiner Mutter. Mit ihr tauche ich auf dem Blog meines Freundes auf. Bin ich personifizierte Ambivalenz. Vielleicht kann ich Mini ein Stück begleiten. In die nächste Zeit. Generation. Mit Gedächtnis. Einem klaren Gedächtnis. Unverstellt. Von Verlust und Selbstmitleid. Vielleicht kann ich mit meiner ausgezogenen Mitbewohnerin das Land verlassen. Vielleicht eine andere Sprache lernen, in der ich mehr schaffe als Nomen und Namen. Möglichkeiten grüßen durch das Fenster, in dem sich das Licht vorbeifahrender Autos spiegelt. Ich lasse in der Küche kaltes Wasser laufen, trinke direkt aus dem Hahn, mache mir eine Kanne Tee, tunke den papiernen Teefilter wieder und wieder in die Kanne. Schließlich gieße ich mir eine Tasse ein, zuckere mit zwei gehäuften Löffeln und lehne mich, die heiße Tasse an die rechte Wange haltend, an die Fensterbank. Fühle die Wärme auf der Haut, nehme kleine Schlucke, schaue hinaus. Es wird schon hell.

Ehepaar Mebis geht durch den Sand. Das letzte Mal gemeinsam an Philippas Kindheitsmeer entlang. Sie sprechen wenig. Genießen den Sand unter den Schuhen und den weiten Blick. Nach einem langen Spaziergang sind beide müde, setzen sich in je einen Strandkorb. Rotweißrot, der eine mit direktem Blick aufs Wasser, der andere steht ein bisschen quer zum Meer. In dem sitzt Philippa. Sie können sich nicht sehen, die Eheleute. Seine großen Hände. Ihre weißen Haare. Die Gedanken wandern fort voneinander. Irgendwann können sie sich nur noch schwach daran erinnern, wer einen Strandkorb weiter sitzt, schließlich gar nicht mehr. Sie haben einander vergessen. Eine lange Weile später steht der betagte Mann auf und geht Richtung Dünen. Er geht an dem schräg stehenden Strandkorb vorbei, in dem eine weißhaarige Dame sitzt. Er grüßt höflich, sie lächelt zurück, wusste gar nicht, dass da noch wer war auf ihrem Strand, ein alter Herr, der, erschöpft wirkend, landeinwärts geht. Sie schaut ihm nach. Wo der wohl herkam, fragt sie sich kurz und dann nicht mehr. Ihr ist leicht ums Herz, sie könnte fliegen. Der Strandkorb knarrt, wenn sie sich bewegt. Sie zieht die Schuhe aus und dann die Strümpfe. Schaut sich um, kein Mensch weit und breit und auch der andere Strandkorbsitzer ist hinter den Dünen verschwunden. Sie knöpft die Hose auf und lässt sie fallen, rollt die Unterhose hinterher. Bei der Windjacke klemmt der Reißverschluss, aber dann, und den Pullover zieht sie über den Kopf, an den Beinen leichte Gänsehaut, dann das T-Shirt und sie ist nackt. Läuft los, als wäre sie ewig jünger, und japst und jauchzt dem Meer entgegen. Sie rennt hinein und wirft den alten Körper in die nächste Welle, es ist kühl und wunderbar. Sie schwimmt und taucht und spielt mit den Wellen, die Möwen sehen es nicht, weil es fast dunkel ist. Sie schwimmt, bis ihr nicht mehr kalt ist, und dann schwimmt sie, bis kein Salz mehr übrig ist, und dann sucht sie zähneklappernd nach dem schräg stehenden Strandkorb mit ihren Kleidern und findet ihn. Beim Anziehen beschließt sie, den Kontakt zu ihren Kindern abzubrechen. Genug Mutter gewesen im Leben. Die Kinder werden sich wundern. Mutterlos. Frei. Wie sie. Alles könnte so einfach sein. Der Rückweg hört nie auf. Wie das Meer. Gib das Meer her, Philippa, damit wenigstens jetzt die Boote an Europas Küsten landen können.

Raus aus der Wohnung, ich brauche Bewegung, gehe ziellos durch die erwachende Stadt. Irgendwann komme ich zum Donaukanal, gehe direkt am Wasser entlang stadtauswärts. Bei jeder Brücke überlege ich, auf die andere Kanalseite zu wechseln und zurückzugehen. Aber ich bleibe unten auf dem Weg, ganz am Rand, während Leute an mir vorbeiradeln und frühmorgendlich Joggende mich hinter sich lassen. Irgendwann bin ich draußen aus der Stadt, nicht mehr am Kanal, sondern an der Donau. Längst ist es Tag. An einer S-Bahn-Station steige ich ein. Vielleicht in den nächsten Ort mit einer Gedenkstätte fahren. Gibt es eine. Und welche kann das sein. Was war überhaupt in der Nähe von Wien. Ich weiß es nicht. Stelle fest, dass ich keine Ahnung habe. Mich mit der NS-Vergangenheit beschäftigen, aber nichts wissen über das Nächstliegende. Wer A sagt, muss auch B sagen, heißt es. Was heißt A genau. Anfang. Antisemitismus. Und B. Bergen-Belsen. C, D, E, F ... Chelmo, Dachau, Ebensee, Flossenbürg und so fort. Stopp. Wer A sagt, muss nicht auch C, D, E, F sagen. Oder K oder R oder Y oder Z. Wer A sagt, muss nur B sagen. B, B, Bilanz. Bericht. Bundespolizei. Banausin. Boykott. Bruder. Ben. Bundeshauptstadt. Borderline. Bio. Belgien. Beweis. Beginn.

Stunden später sitze ich in der S-Bahn, die nach Wien zurückfährt. In den vierten Bezirk, in dem ich wohne. Bezirk. Noch ein B. Befangenheit. Bringschuld. BDM. Brille. Bernhard, Thomas. Burgtheater. Bundesverdienstkreuz. Braunhemd. Bärental. Ich kann die Bs nicht mehr abstellen. Schaue hinaus, versuche, an nichts zu denken, einfach nur in die Fenster zu schauen, die vorbeifliegen, oder in die Büsche, die die Gleise säumen. Büsche. Bahnstation. Belang. Stopp stopp. Bremse. Wie gerne würde ich die Notbremse ziehen, aber ich habe mich im Griff. Bremse nicht. Braunau. Banane. Biss. Ich schließe die Augen.

Nachmittags bin ich wieder zu Hause. Die Stadt hat mich herumgeschubst. Ich setze mich an meinen Schreibtisch, schalte den Computer ein und surfe herum, verliere mich in Buchstaben, viel zu viele Buchstaben, schon wieder B.

Zeit, loszufahren zur Beisetzung meiner Großmutter. Sen bringt mich zum Nachtzug. Vorher waren wir im Café, sind uns nicht begegnet, wie wir wollten. Aneinander vorbei einen Abend lang. Beerdigungen machen Angst. Unser Leben könnte sich ändern. Deshalb schweigen wir. Und wissen nicht weiter. Sen und Ben. Ein Wir. Du und ich, ich und du. Klingt nach Paaridylle. Paar – çift, Idylle – idil. Çiftidil gibt es nicht. Nur das Deutsche setzt immer alles zusammen. Eins und eins ist nicht zwei, sondern ein größeres Eins, zusammengeschmolzen, Pärchensprache. Ich streiche Sen und Ben von meiner Namensliste. Sind wieder einfache Pronomen. Personalpronomen. Schon wieder so ein vergrößertes Wort. Doppelt. Deutsch.

Keine Minzefinger heute, sondern Handschuhe – eldiven. Es ist kalt auf dem Bahnsteig. Unsere Universen können nichts miteinander anfangen. Sie lernt nicht Türkisch. Sie sucht sich nicht neu zusammen nach dem Tod ihres Namens. Sie heißt, wie sie immer heißt. Feierlich nenne ich sie wieder, wie alle sie nennen. Aber es klingt nicht feierlich. Es zieht und wir frieren. Ich fürchte mich vor der Symbolik unserer gestrichenen Pärchennamen. Voreinander stehen wir am Zug auf Gleis 9, auch das noch, wieso nicht Gleis 7 oder 2 oder 11. Nein, Gleis 9. Da stehen wir, zwei Ex-Pronomen. Alles noch einmal von vorn. Benim adim – mein Name ist. Sehen wir uns wieder. Was für ein Theater. Ich steige ein, der Zug fährt ab.

Soldaten sitzen überall herum, sie haben Heimaturlaub. Weiß ich, ob Philippa einen geliebt hat. Oder zwei oder viele, kurz oder lang, auf deutscher oder Gegners Seite, bevor oder während es Großvater auch schon gab. Soldaten könnten aussteigen. Olivgrün und aus allen Zügen. In den Abteilen werden Plätze frei.

Imbisswagen klingeln durch die Gänge und schaukeln die heißen Würstchen in Laune, die Räder rattern einen eigenen Takt, große Fenster scheinen frisch geputzt, Kinderfragen hinterlassen vorsichtige Fettfinger auf den Scheiben.

Mein Handy hat keinen Empfang, keine Verbindung zurück nach Wien nach dem verpatzten Abschied. Wie viele hier aus dem Großraumwagen fahren zu der Beisetzung einer Großmutter, die so hieß wie sie selber. Ich horche in mich hinein. Philippa lässt nichts mehr von sich hören, handelt nicht mehr, greift nicht ein. Ich beschließe, mich mehr einzumischen. In das, was ist. Hier und heute. Als weiße Mitteleuropäerin mit genügend Einkommen zum Leben, einem Zimmer für sich allein. Wie sie. Na und. Immer will ich alles besser machen. Klara hatte recht. Nur so weit reichen meine Gedanken. Dann sind sie wieder da, wo ich auch bin, bei den Leuten vor, neben, hinter mir, Frauen und Männer. Dass die Welt heterosexuell organisiert ist, fällt mir an bestimmten Orten mehr auf als sonst. Dazu gehören Eisdielen, Skilifte, Theater, Familientreffen und Großraumwagen. Die Geschlechter sehen einander an und müssen sofort gähnen. Schluss mit der Verkleiderei. Niemand sagt mehr, was sie oder er ist. Vergisst es selber bald.

Der Zug fährt ein.

DREI

Weiter

Phil geht noch einmal ins Krankenhaus, grüßt die Schwestern, eine kann sich noch erinnern. Die Wienurlauberin mit dem Paket hat heute frei. Auf Zimmer Nummer 9 liegt jetzt die nächste Patientin. Eine Weile steht Phil vor den Aufzügen. Zufällig stehen alle die längste Zeit auf drei. Das Weiß der Ärzt_innenkittel knittert vor sich hin. Die Träger_innen sehen nicht mehr neu aus.

Es gilt, die Sachen aufzuräumen. Wer sitzt am Verteiler. 92 mal 365 minus die nicht mehr gelebten der letzten 365 Tage. Manche rechnen, andere sortieren, dritte trauern. Jede_r auf der Suche nach besonderen Zahlen, einmaligen Stücken, tiefer Erinnerung. Eine Familie bricht auf in die nächste Generation und tapst unsicher einher. Wenigstens das Altersheim umgangen. Einige sind stolz, einigen ist das alles nicht so wichtig.

Es gibt nur noch eine Philippa. Sie weiß weniger von ihrer Namensgeberin, als sie dachte. Sie fragt und liest und sucht und immer ist Familie im Weg, zig Porträts in der Galerie und immer sind sie aus Öl, diese Schinken. Der Geruch der Lösungsmittel weist Nachkomm_innen seit jeher den Familienweg. Immer geradeaus. Dann findet sie in einer Mappe mit Briefen und Notizen ein Din-A4-Blatt, vollgeschrieben in Philippas Handschrift:

Einmal ist eine Frau im Alter meiner verstorbenen Tochter zu mir gekommen, hat an der Haustür geläutet. Ich war nicht überrascht, sie zu sehen, obwohl sie nie zuvor den Weg zu mir gefunden hatte. Ich bat sie herein, setzte Teewasser auf. Sie trug ein taubenblaues Tuch um ihr kurzes Haar, überhaupt war sie ganz blau angezogen, Weste, Bluse, Bundfaltenhose. Nur die Schuhe waren hell-ocker. Sie hatte sie ausgezogen, noch bevor ich sagen konnte, dass das nicht nötig sei. Ich lehne diese Angewohnheit, überall die Schuhe auszuziehen und auf Socken oder in Pantoffeln herumzulaufen, ab. Aber sie war schneller. Schuhlos saß sie an meinem Küchentisch, auf dem es nicht gerade aufgeräumt war. Keksschachteln, gebrauchte Tee- und Kaffeetassen, aufgeschlagene Zeitungen, meine Brille und noch anderes Zeug lag herum. Ich schob alles, so gut es ging, zur Seite. Entschuldigte mich aber nicht. Bei allen Menschen liegen Dinge herum, wieso nicht auch bei mir. Sie saß da, das Teewasser brauchte ewig. Ich muss den Wasserkocher entkalken, dachte ich. Schließlich war der Tee aufgegossen und ich setzte mich über Eck zu ihrer Rechten. Keine sagte etwas. Der Tee rann heiß unsere Kehlen hinunter. Sie nahm weder Zucker noch Zitrone oder Milch. Auch keinen Rum. Sie trank aus, was ich nachschenkte, mindestens vier Tassen. „Was führt Sie zu mir?", fragte ich. Die Abendsonne warf warmes Licht durch das Küchenfenster auf unsere auf dem Tisch liegenden Hände. Sie spielte mit dem Löffel, den sie nicht benutzt hatte. „Ich bitte Sie, meinen Vater, den Sie Ron nennen, nicht mehr zu kontaktieren", sagte sie, ohne mich anzusehen. „Es ist nicht gut für ihn. Er ist alt. Die Vergangenheit kommt zurück, belastet ihn, je älter er wird, desto mehr, scheint mir. Ich mache mir Sorgen um ihn."

Sie klang genau so, wie ich sie in meiner Vorstellung im Ohr hatte. Hell, ein bisschen nach der Nase, fast verschnupft, freundlich, fast ein wenig unsicher. Ich erwiderte, ebenfalls ohne sie anzusehen:

„Roni ist mein – lebenslanger Freund."

„Er heißt nicht Roni. Auch nicht Ron."

„Ich weiß. Ich werde Ihrer Bitte nicht nachkommen."

„Das hatte ich angenommen."

„Für mich ist er Roni." Ich schenkte wieder Tee nach.

„Gibt es noch von den Keksen?", fragte sie und drückte auf die leeren Schachteln.

„Moment, ich schaue nach." Ich suchte meinen Küchenschrank und die winzige Speisekammer nach Keksen ab, fand aber lediglich ein Schüsselchen mit Haselnüssen. Sie bedankte sich und nahm keine einzige Nuss. „Sie werden also nicht aufhören, meinem Vater zu schreiben und mit ihm zu telefonieren. Wie schon einmal, als Sie den Kontakt abbrachen."

„Das ist lange her."

„Sie werden meiner Bitte also nicht nachkommen?"

„Voraussichtlich nicht, nein."

Jetzt sahen wir einander an. Mussten fast lächeln. Taten es aber nicht. Trotz aller Verlegenheit. Sie nahm ihre Tasse und schüttete mir den restlichen, zum Glück nicht mehr heißen Tee frontal ins Gesicht. Ich sprang auf. Sie bedankte sich für die Gastfreundschaft, ging langsam in den Vorraum, ich hörte sie die Schuhe anziehen. Dann fiel die Tür ins Schloss. Ich war wieder allein. Mein Mann würde erst in ein paar Stunden wieder zu Hause sein. Ich wusch den Tee aus meinem Pullover, zog die Hose aus, stopfte sie in die Waschmaschine, zog eine andere Hose an und eine Strickjacke. Dann fiel mir ein, wo ich noch Kekse hatte. Ich ging die Treppe hinauf in mein Schlafzimmer und holte die angebrochene Packung herunter, füllte den Inhalt in ein Schüsselchen und stellte es zu den Haselnüssen.

Phil verabschiedet sich, ohne dass die anderen es merken, von ihrer Großmutter. Die hat mit zugekniffenen Augen im tiefen Blau und manchmal Grün verschwinden lassen, was wichtig zu wissen gewesen wäre. Seit 1945 hat sie drübergeschillert. Die Enkelin mit demselben Vornamen wird nichts sagen auf der Beisetzung. Sie wird nicht dabei sein. Es geht nicht. Es ist ihr noch nicht möglich.

Stattdessen wird sie, zurück in Österreich, die kurvige Landstraße entlanggehen, auf der linken Seite am unbefestigten Rand, es gibt noch immer keinen Gehsteig. Sie wird den kleinen Trolley knirschend über den Schotter hinter sich herziehen. Es ist eine außergewöhnliche Steigung für eine Straße in so sanft hügeligem Gebiet. Einige Kurven weiter tauchen die Reste des alten Bauernhofs auf, der auch früher schon verlassen war. Dann kommt die Kreuzung mit dem Wegweiser zur Tankstelle. Sie wird die Straße weitergehen, bis sie in die Ebene hinunterschauen kann, auf das Gelände des ehemaligen Konzentrationslagers. Mattes Grün, so weit das Auge reicht, vereinzelt Häuser und Höfe. Ein Hund bellt hinter dem Zaun einer üppigen Villa. Durch die Hecke scheint das Blau eines leeren Swimmingpools. Noch ein Stück weiter unten linker Hand säumen leer stehende Häuser die Landstraße. Kaputte Scheiben, zugenagelte Türen. Zwischen den Häusern Absperrungen mit Warnschildern. Unbefugten ist der Zutritt verboten. Swimmingpool, Veranda und wachende Hunde gleich neben dem Niemandsland. Im Wald gegenüber muss ein ehemaliges Massengrab sein. Und rechter Hand liegt das Gelände des ehemaligen Lagers. Ohne Gedenktafel, ohne irgendwelche Hinweise. Keine Baracken, kein Stacheldraht. Was hat sie erwartet. Am Rande eines Dorfes irgendwo in Österreich im Jahr 2007. Hinter dem Rest eines Gartenzauns bilden Plastikflaschen, von Vorbeigehenden weggeworfen, bunte Punkte im Unkraut. Einen ganz kurzen Moment wird sie glauben, Philippa Mebis komme zu Fuß die Straße von der Ebene herauf. Aber ein paar Minuten später wird sie sehen, dass es sich um einen weißhaarigen Mann handelt, der gestikulierend mit dem Handy am rechten Ohr in Richtung Tankstelle unterwegs ist. Das Ferienhaus ihrer Großeltern liegt etwas oberhalb, im Garten mit der alten Schaukel. Die Fensterläden sind geschlossen. Was wird mit dem Haus geschehen. Wird die zweite oder dritte Generation weiter Familienfeste dort feiern. Wird es gewinnbringend verkauft, Aussicht inklusive. Wird es Frühschoppen geben. Wird die alte Schaukel wie eh und je bereit sein, Kinder hoch hinaus zu schaukeln. Phil wird an drei Frauen vorbeigehen, die auf einer Bank vor einer frisch gestrichenen Hausmauer in der hellen Märzsonne sitzen und rauchen. Sie fragen Phil, ob sie ein Zimmer suche, und deuten auf den Trolley. Die drei sind zwischen vierzig und fünfzig und offensichtlich guter Stimmung. Unten, in der Ebene, direkt neben dem großen Acker, gäbe es Zimmer zu mieten, sagt die, die links auf der Bank sitzt. Sie zeigt auf einen Bungalow, in dessen Vorgarten ein Schild steht, vermutlich verheißt es freie Zimmer. Danke, vielen Dank, wird Phil sagen und abwinken. Die drei haben sie nicht als eine aus der Familie Mebis erkannt. Aber bevor sie womöglich Fragen stellen, wird Phil, ihren Trolley hinter sich herziehend, den Ort verlassen. Sie wird das Mebis'sche Haus nicht betreten. Sie hätte auch gar keinen Schlüssel.

Sie wird keine Ferien mehr an diesem Ort verbringen, mit dem Blick auf das ehemalige Konzentrationslager. Sie wird zur Tochter von R. reisen. Und fragen, spät aber doch, nach R.s Nachricht an Philippa Mebis. Sie wird den Verwandten vom Kaffeeautomaten anrufen und ihn bitten, mit ihr gemeinsam über die Firma Sani-Dorn zu recherchieren. Sie wird sich mit dem Profesör über Frühschoppen und Installateure und Vorfahr_innen auseinandersetzen. Sie wird versuchen, genau zu sein, und er wird sie auffordern, sich selber nicht so ernst zu nehmen. Er hat gut lachen. Heißt nicht Dorn wie vorn, das Gegenteil von hinten, nur mit D.

Dorn. Wie Stachel. Er heißt Profesör und egal, ob sie weiter Türkisch lernt oder nicht, wird sie ihn so nennen und mit ihm über ihre und seine Ambivalenzen streiten. Ambivalenz. Fängt mit A an. Hört mit Z auf. Mittendrin P. Philippa. Pippa. Phil. Wie sie es dreht und wendet.

Yazar – Autor_in
Miras – das Erbe

Meine beiden Großmütter haben nationalsozialistisches Gedankengut als Leiterinnen der lokalen NS-Frauenschaften verbreitet.

Die Mutter meiner Mutter hat die Schaffung von ‚arischem Lebensraum im Osten' im Rahmen vom Frauenarbeitsdienst vorangetrieben.

Die Mutter meines Vaters hat Zwangsarbeiter_innen auf dem eigenen Hof ausgebeutet.

Der Großvater mütterlicherseits war ab Ende 1942 als Ingenieur Direktor einer rüstungswichtigen Rußfabrik in Schlesien, der Deutschen Gasrußwerke. Zwangsarbeiter_innen aus den Konzentrationslagern Gleiwitz II und Auschwitz-Birkenau mussten in der Fabrik Zwangsarbeit leisten.

Der Großvater väterlicherseits war im Stab von Wernher von Braun verantwortlich für den Abschuss der V2-Raketen, die Tote und Zerstörung auf englischer, belgischer und niederländischer Seite gefordert haben. Zwangsarbeiter_innen der Konzentrationslager Karlshagen I, Mittelbau-Dora, Redl-Zipf, Ebensee und Wiener Neustadt mussten in der Raketenproduktion Zwangsarbeit leisten.

Beide Großelternpaare haben nach Karriereunterbrechungen wieder ein materiell gut ausgestattetes, im westdeutschen Nachfolgestaat der NS-Diktatur sozial gut eingebettetes Leben geführt.

Alle vier Großeltern haben dazu beigetragen, dass ihre eigene und die kollektive Täter_innengeschichte nicht erzählt wurde. Sie haben der Nicht-Aufarbeitung von Massenmord und Verbrechen Vorschub geleistet und an ideologischen Kontinuitäten mitgewirkt, indem sie nach 1945 geschwiegen und gelogen haben.

Meine Mutter hat recherchiert und gefragt und ihr Wissen geteilt. Von ihr weiß ich, was ich weiß über das familiäre NS-Erbe. Ihr Bruder hat recherchiert und gefragt und mein Bruder auch.

Lilly Axster
Viyana – Wien
Mart 2012 – März 2012

Großen Dank für Kritik, Ideen, Ansporn und gemeinsames Denken an:

editionskollektiv mezzanin, Stefanie Vasold, Brigitte Axster, Helga Hofbauer, Felix Axster, Gabi Fischer, Johanna Schaffer, Jo Schmeiser, Lütfiye Ezgi Erol, Elisabeth Reichart, Karin Hirschmüller, Katarina Streiff, Helga Hetsch Haberler, Renée Winter, Lisa Udl, Eva Häfele, Nicole Alecu de Flers, Katja Langmaier, Regine Klimpfinger